Selma Lagerlöf

Weihnachtsgeschichten

aus Schweden

Übersetzt von Marie Franzos

und Pauline Klaiber-Gottschau

Selma Lagerlöf: Weihnachtsgeschichten aus Schweden

Übersetzt von Marie Franzos und Pauline Klaiber-Gottschau.

Neuausgabe
Herausgegeben von Karl-Maria Guth
Berlin 2016

Umschlaggestaltung von Thomas Schultz-Overhage unter Verwendung
des Bildes: Carl Larsson, Heiliger Abend, 1904-1905

Gesetzt aus der Minion Pro, 11 pt

Verlag: Henricus - Edition Deutsche Klassik GmbH
Mörchinger Str. 33, 14169 Berlin, info@henricus-verlag.de
Druck: Libri Plureos GmbH, Friedensallee 273, 22763 Hamburg

ISBN 978-3-8430-1477-9

Bibliografische Information der Deutschen Nationalbibliothek

Die Deutsche Nationalbibliothek verzeichnet diese Publikation in der
Deutschen Nationalbibliografie; detaillierte bibliografische Daten sind
im Internet über www.dnb.de abrufbar.

Inhalt

Gottesfriede

Es war einmal ein alter Bauernhof, und es war ein Weihnachtsabend mit grauem Himmel, wie vor einem großen Schneefall, und mit scharfem Nordwind. Am Nachmittag war es, gerade um die Zeit, wo alle Leute es eilig hatten, ihre Arbeit zu Ende zu bringen, damit sie dann in der Badehütte baden konnten. Dort drinnen feuerte man so heftig ein, daß die Flammen zum Schornstein hinausschlugen und eine Menge Funken und Rußflocken mit dem Winde flogen und auf die schneebedeckten Schindeldächer niederfielen.

Wie die Flamme so aus dem Schornstein der Badehütte aufstieg und sich gleich einer Feuersäule über den Bauernhof erhob, begannen alle zu spüren, daß Weihnachten vor der Tür stand. Die Magd, die im Hausflur lag und scheuerte, fing leise zu singen an, obgleich das Scheuerwasser in dem Kübel neben ihr zu Eis gefror, die Knechte, die im Schuppen standen und das Weihnachtsholz hackten, begannen zwei Scheite auf einmal zu spalten und schwangen die Axt so lustig, als wäre die Arbeit nur ein Spiel.

Aus dem Speicher kam eine alte Frau mit einem großen Haufen runder Bierwürzenbrote auf dem Arm. Sie ging langsam über den Hof in das große rotgestrichne Wohnhaus und trat vorsichtig in die Wohnstube, wo sie die Brote auf die lange Bank niederlegte. Dann breitete sie ein Tuch auf den Tisch und legte das Brot in Häuschen, in jedes ein großes und ein kleines. Sie war eine seltsam häßliche alte Frau, mit rötlichem Haar, schweren, schlaffen Augenlidern und einem eignen so strammen Zug um Mund und Kinn, als wären die Halssehnen zu kurz. Aber nun am Weihnachtsabend war eine solche Freude und ein solcher Friede über ihr, daß man gar nicht sehen konnte, wie häßlich sie war.

Einen Menschen aber gab es auf dem Hof, der nicht vergnügt war, und das war das Mädchen, welches die Birkenruten band, die beim Baden benützt werden sollten. Sie saß am Herd, einen ganzen Arm voll feiner Birkenreiser vor sich auf dem Boden, und band; doch hatte sie keine haltbaren Gerten, um die Zweige zusammenzubinden. Die Wohnstube hatte ein breites, niedriges Fenster mit kleinen Scheiben, und durch diese fiel der Schein aus der Badehütte ins Zimmer, spielte auf dem Fußboden und vergoldete das Birkenreisig. Aber je lustiger das Feuer brannte, desto unglücklicher wurde das Mädchen. Sie wußte, daß die Rutenbüschel auseinanderfallen müßten, sobald man sie nur anrührte, und daß sie darum Spott und Schmach erleiden würde, zum mindesten so lange, bis ein neues Weihnachtsfeuer in diesem Schornstein flammte.

Wie sie so dasaß und sich unglücklich fühlte, trat der Mann in die Stube, vor dem sie die allergrößte Angst hatte. Es war der Hausvater Ingmar Ingmarson in eigner Person. Sicherlich war er in der Badehütte gewesen, um sich zu vergewissern, daß der Ofen heiß genug würde; und nun wollte er sehen, wie es mit den Rutenbüscheln stünde. Er war alt, Ingmar Ingmarson, und er hielt auf alles, was alt war. Und gerade weil die Leute es jetzt aufzugeben begannen, in der Badehütte zu baden und sich mit Birkenreisern peitschen zu lassen, legte er großes Gewicht darauf, daß es auf seinem Hof geschehe, und ordentlich geschehe.

Ingmar Ingmarson trug einen alten Schafpelz und Lederhosen und Pechdrahtstiefel. Er war schmutzig und unbarbiert und kam in seiner bedächtigen Art so leise herein, daß man ihn ebensogut für einen Bettler hätte halten können. Er zeigte ungefähr dieselben Züge und dieselbe Häßlichkeit wie die Frau; sie waren miteinander verwandt, und sie hatte von altersher gelernt, eine heilige Ehrfurcht vor jedem zu haben, der dieses Aussehen hatte. Denn es bedeutete viel, dem alten Geschlecht der Ingmarsöhne anzugehören, das allezeit das vornehmste in der Gegend gewesen war; aber das Höchste, was ein Mensch sein konnte, war Ingmar Ingmarson selbst, der Reichste, der Klügste und der Mächtigste im ganzen Kirchspiel.

Ingmar Ingmarson kam auf das Mädchen zu, bückte sich, nahm eines der fertigen Rutenbüschel und schwang es durch die Luft. Sogleich flogen die Ruten auseinander; eine landete auf dem Weihnachtstisch und eine andre im Himmelbett.

»Hei, min Deern«, sagte der alte Ingmar und lachte, »glaubst du, daß man solche Ruten brauchen kann, wenn man bei den Ingmarsöhnen badet? Oder hast du solche heillose Angst um deine Haut?«

Da der Hausvater es nicht übel aufnahm, faßte das Mädchen Mut und sagte, sie wolle schon Rutenbüschel binden, die hielten, wenn man ihr nur Gerten zum Binden gäbe.

»Dann muß man dir wohl Gerten schaffen, min Deern«, sagte der alte Ingmar; denn er war in rechter Weihnachtsstimmung.

Er ging aus der Wohnstube, kletterte über die Magd mit dem Scheuereimer hinweg und blieb auf der Türschwelle stehen, sich nach jemand umzusehen, den er in den Birkenhain um Gerten schicken könnte. Die Knechte waren noch bei dem Weihnachtsholz, der Sohn kam mit dem Weihnachtsstroh aus der Tenne, die beiden Schwiegersöhne schleppten eben die Arbeitswagen in die Schuppen, damit der Hof feiertäglich aussähe. Keiner von ihnen hatte Zeit, sich aus dem Hause zu entfernen.

Da beschloß der Alte ganz gelassen, sich selbst auf den Weg zu machen. Er ging schräg über den Hof, als wolle er in den Stall, sah sich um, sich zu vergewissern, daß niemand auf ihn acht gäbe, und schlüpfte dann hinter die Stallwand, wo ein halbwegs gebahnter Weg in den Wald hinauf führte. Der Alte hielt es nicht für nötig, jemand zu sagen, wohin er ging, denn sonst hätte es vielleicht dem Sohn oder einem der Eidame einfallen können, ihn abzuhalten. Und alte Leute wollen nun einmal am liebsten ihren eignen Willen haben.

Er schlug den Weg über die Felder durch das kleine Tannenwäldchen ein und kam zu dem Birkenhain. Hier bog er vom Wege ab und watete in den Schnee hinauf, um ein paar einjährige Birkenschößlinge zu finden.

Um diese Zeit hatte der Wind endlich erreicht, woran er den ganzen Tag gearbeitet hatte: er hatte den Schnee aus den Wolken losgerissen, und jetzt kam er den Wald heraufgefegt, mit einer langen Schleppe von Schneeflocken hinter sich.

Ingmar Ingmarson bückte sich eben, um einen Zweig abzuschneiden, als der Wind, ganz mit Schnee beladen, heransauste. In dem Augenblick, als der alte Mann sich aufrichtete, pustete der Wind los und blies ihm einen Haufen Flocken ins Gesicht. Er bekam die Augen voll Schnee, und der Wind wirbelte so heftig rings um ihn, daß er sich ein paarmal herumdrehen mußte.

Das ganze Unglück kam wohl daher, daß Ingmar Ingmarson alt geworden war. In seinen Jugendtagen hätte ihn ein Schneesturm wohl kaum schwindelig gemacht, aber jetzt drehte sich alles im Kreise, als wenn er sich in einer Weihnachtspolka herumgeschwungen hätte. Und als er heimwärts gehen wollte, ging er gerade nach der verkehrten Richtung. Er ging geradewegs in den großen Tannenwald hinein, der hinter dem Birkenhain anfing, anstatt zu den Feldern hinunter.

Die Dunkelheit brach schnell herein, und unter den jungen Bäumen am Waldessaum trieb das Schneegestöber sein Spiel weiter. Der Alte sah wohl, daß er zwischen Tannen ging, aber er merkte nicht, daß er fehl gegangen war; denn auch auf der Seite des Birkenwaldes, die dem Hofe zugekehrt war, wuchsen Tannen. Aber nun kam er so tief in den Wald hinein, daß es ganz ruhig und still wurde; von dem Sturm war nichts mehr zu spüren, und die Bäume wurden hoch und großstämmig. Da sah er, daß er in die Irre gegangen war, und wollte umkehren.

Er war ganz traumselig und erregt davon, daß er sich hatte verirren können; und wie er so mitten in dem weglosen Wald stand, war er nicht klar genug im Kopfe, um zu wissen, wohin er gehen müßte. Er schlug zuerst eine Richtung ein und dann wieder eine andre. Endlich kam es ihm in den Sinn, in seinen eignen Fußstapfen zurückzugehen, dann aber brach die Dunkelheit herein, und er konnte die Fußstapfen nicht mehr finden. Und höher und höher wurden die Bäume um ihn. Er mochte gehen, wie er wollte, – er merkte schon, daß er sich weiter und weiter vom Waldsaum entfernte.

Es war rein wie verhext und verzaubert: den ganzen Abend mußte er hier im Walde herumlaufen und kam gewiß zu spät zum Baden.

Er drehte die Mütze um und knüpfte sein Strumpfband anders, aber er blieb ihm ebenso wirr im Kopfe wie zuvor, und es wurde ganz dunkel, und er fing an zu glauben, daß er die Nacht über im Walde bleiben müßte.

Er lehnte sich an einen Tannenbaum und stand still, um seine Gedanken zu sammeln. Mit diesem Walde war er doch so wohl vertraut. Er war hier so viel umhergegangen, daß er fast jeden Baum kannte. Als Knabe war er hier umhergelaufen und hatte die Schafe gehütet, war er auf Schleichwegen gegangen und hatte den Waldvögeln Fallen gestellt. In seiner Jugend hatte er mitgeholfen, den Wald zu fällen. Er hatte ihn abgeholzt daliegen und er hatte ihn aufs neue wachsen sehen.

Endlich kam es ihm vor, als ob er wieder wüßte, wo er war, und er glaubte, wenn er nur so und so ginge, müßte er auf den rechten Weg kommen. Aber wie er auch ging, – er kam nur tiefer und tiefer in das Waldesdickicht.

Einmal fühlte er festen, glatten Boden unter dem Fuß, und da sagte er sich, daß er nun endlich auf einen Weg gekommen wäre. Den versuchte er nun weiterzugehen, denn ein Weg mußte doch irgendwohin führen. Aber nun lief der Weg in eine Waldwiese aus, und da hatte das Schneegestöber freien Spielraum, da gab es keinen Pfad mehr, – nur Schneehaufen und Schneegruben. Da sank dem Alten der Mut, und er fühlte sich als ein armer Wicht, der draußen in der Wildnis sterben müßte.

Er begann es müde zu werden, sich durch den Schnee zu schleppen; und ein Mal ums andre setzte er sich auf einen Stein, um auszuruhen. Aber sobald er sich setzte, wurde er schläfrig, und er wußte, daß er erfrieren mußte, wenn er einschlummerte. Darum versuchte er zu gehen und zu gehen, – das war ja das Einzige, was ihn retten konnte.

Aber wie er so ging, konnte er der Lust nicht widerstehen, zu rasten. Er dachte, wenn er nur ruhen dürfte, fragte er gar nicht viel danach, ob es ihn das Leben koste.

Es bereitete ihm ein solches Wohlgefühl, stillzusitzen, daß der Todesgedanke ihn gar nicht beängstigte. Er empfand sogar eine Art Freude, wenn er daran dachte, daß lange Personalien über ihn in der Kirche verlesen werden würden, wenn er tot wäre. Er erinnerte sich, wie schön der alte Propst über seinen Vater gesprochen hatte; und sicherlich würde auch über ihn etwas Schönes gesagt werden. Es würde gesagt werden, daß er den ältesten Bauernhof im Tale gehabt hätte, und es würde von der Ehre gesprochen werden, die darin läge, einem so ansehnlichen Geschlecht zu entstammen. Und auch von der Verantwortung würde die Rede sein.

Ja, ja. Verantwortung war bei der Sache, das hatte er immer gewußt. Man mußte bis zum äußersten ausharren, wenn man einer von den Ingmarsöhnen war.

Und plötzlich durchzuckte es ihn blitzartig, daß es nicht rühmlich für ihn wäre, erfroren im wilden Walde gefunden zu werden. Das wollte er nicht in seinem Nachruf haben. Und so stand er wieder auf und begann zu wandern. Doch da hatte er so lange stillgesessen, daß ganze Schneemengen sich aus seinem Pelze wälzten, als er sich zu rühren begann. Und nach einem Weilchen saß er wieder da und träumte.

Jetzt kamen die Todesgedanken noch lockender zu ihm. Er dachte das ganze Begräbnis durch und alle die Ehren, die seinem toten Leib erwiesen werden würden. Er sah den großen Gastmahltisch im Festsaal des oberen Stockwerkes gedeckt, den Propst und die Pröpstin auf dem Hochsitz, den Richter mit der weißen Krause über der schmalen Brust, die Majorin in schwarzer Seide, die dicke Goldkette viele Male um den

Hals geschlungen. Er sah alle Gastzimmer weiß bezogen, weiße Laken vor den Fenstern. Weiß auf allen Möbeln. Tannenreisig auf dem Weg vom Hausflur bis hinab zur Kirche. Und ein Backen und Schlachten und Brauen zwei Wochen vor dem Begräbnis. Zwanzig Klafter Holz in vierzehn Tagen verheizt.

Die Leiche auf einer Bahre im innern Zimmer, Kohlendunst in den frischgeheizten Stuben. Gesang an der Leiche, wenn der Sargdeckel zugeschraubt wird, Silberplatten auf dem Sarge. Der Hof voll Gäste. Das ganze Dorf in Bewegung, um das »Mitgebrachte« zu bereiten, alle Kirchenhüte gebürstet, der ganze Herbstbranntwein beim Leichenschmaus ausgetrunken, alle Wege voll von Menschen wie an einem Markttag.

Wieder fuhr der Alte auf. Er hatte sie beim Leichenschmaus von sich sprechen hören. »Aber wie konnte er denn in dieser Weise erfrieren?« fragte der Amtsrichter. »Was hatte er denn überhaupt oben im Hochwald zu tun?« Und da antwortete der Kapitän, das habe wohl das Weihnachtsbier und der Branntwein gemacht.

Und dies weckte ihn aufs neue. Die Ingmarsöhne waren nüchterne Leute. Es sollte nicht von ihm heißen, er wäre in seiner letzten Stunde nicht bei Sinnen gewesen. Er begann wieder zu gehen und zu gehen. Aber er war so müde, daß er kaum auf den Füßen stehen konnte. Er war jetzt ganz hoch oben im Walde, das merkte er; denn es war ein unwegsamer Boden voll von großen Felsblöcken, wie sie weiter unten nicht zu finden waren. Er blieb mit dem Fuß zwischen ein paar Steinen hängen, so daß er sich kaum losmachen konnte; und nun stand er da und jammerte laut. Jetzt war es um ihn geschehen.

Und plötzlich fiel er zu Boden in einen großen Reisighaufen. Er fiel ganz weich auf Schnee und Reisig, so daß ihm kein Leid geschah; aber jetzt konnte er nicht mehr aufstehen. Er wollte nichts andres mehr auf dieser Welt als schlafen. Er schob das Reisig ein bißchen beiseite und kroch hinein, als wäre es ein Fell. Aber wie er so den Körper unter die Zweige schob, spürte er, daß dort drinnen im Haufen etwas lag, was warm und weich war. »Hier liegt gewiß ein Bär und schläft«, dachte er.

Er fühlte, wie das Tier sich rührte, und hörte, wie es rings um sich witterte. Er lag ganz still. Er dachte, seinethalben könne der Bär ihn schon auffressen. Er vermochte kein Glied zu regen, um ihm zu entkommen.

Aber der Bär schien ihm, der in einer solchen Unwetternacht unter seinem Dach Schutz suchte, nichts zuleide tun zu wollen. Er schob sich etwas tiefer in seine Höhle, als wolle er dem Gast Platz machen, und gleich darauf schlief er mit gleichmäßigen, sausenden Atemzügen.

*   *
*

Unterdessen hatten sie unten auf dem alten Ingmarshof nicht viel Weihnachtsfreude gehabt. Den ganzen heiligen Abend hatten sie Ingmar Ingmarson gesucht.

Zuerst waren sie im ganzen Wohnhaus und in allen Wirtschaftsgebäuden umhergegangen. Sie hatten vom Boden bis zum Keller gesucht, dann waren sie in die Nachbarhöfe gegangen und hatten dort nach Ingmar Ingmarson gefragt.

Als sie ihn nirgends fanden, hatten Söhne und Schwiegersöhne sich auf die Felder und Äcker hinaus begeben. Die Fackeln, die den Kirchenwanderern auf dem Weg zur Weihnachtsmette hätten leuchten sollen, wurden nun angezündet und in dem rasenden Schneegestöber auf allen Wegen und Stegen umhergetragen. Aber der Wind hatte alle Spuren verweht, und sein Heulen übertönte den Laut der Stimmen, wenn sie zu rufen und zu schreien versuchten. Bis weit über Mitternacht waren sie draußen, aber endlich sahen sie ein, daß sie bis zum Tagesanbruch warten müßten, wenn sie den Verschwundenen finden wollten.

Kaum dämmerte das Morgenrot, so waren alle Leute im Ingmarshof wieder auf den Beinen, und die Männer standen im Hofe, bereit, in den Wald hinauszuziehen. Aber ehe sie sich noch aufgemacht hatten, kam die alte Hausmutter und rief sie in die Wohnstube. Sie hieß sie, sich auf die langen Bänke in der Stube setzen, und sie selbst setzte sich an den Weihnachtstisch, mit der Bibel vor sich, und begann zu lesen. Und als sie nach ihren schwachen Kräften gesucht hatte, was in einer solchen Stunde angemessen wäre, da hatte sie die Geschichte von dem Manne gefunden, der von Jerusalem gen Jericho ging und unter die Mörder fiel.

Sie las langsam und singend von dem armen Manne, dem der barmherzige Samariter zu Hilfe kam. Söhne und Schwiegersöhne, Töchter und Enkeltöchter saßen ringsumher auf den Bänken. Sie alle glichen ihr und einander: groß und schwerfällig, mit häßlichen, altklugen Gesichtern, denn alle waren sie von dem alten Stamm der Ingmarsöhne.

Alle hatten sie rötliches Haar, eine sommersprossige Haut und lichtblaue Augen mit weißen Wimpern. Im übrigen konnten sie verschieden genug voneinander sein, aber alle hatten sie einen strengen Zug um den Mund, schläfrige Augen und ungelenke Bewegungen, als fiele ihnen alles schwer. Aber jedem von ihnen konnte man doch ansehen, daß sie zu den ersten in der Gegend gehörten und selbst wußten, daß sie vornehmer waren als die andern.

Alle Ingmarsöhne und Ingmartöchter seufzten bei dem Bibellesen tief. Sie fragten sich, ob wohl ein Samariter den Hausvater gefunden und sich seiner erbarmt hätte. Denn für alle Ingmarsöhne war es, als verlören sie etwas von ihrer eignen Seele, wenn jemand, der zum Stamme gehörte, von einem Unglück getroffen wurde.

Die alte Frau las und las und kam zu der Frage: »Welcher dünkt dich, der unter diesen dreien der nächste sei gewesen, dem, der unter die Mörder gefallen?«

Aber ehe sie noch die Antwort lesen konnte, ging die Tür auf, und der alte Ingmar trat in die Stube.

»Mutter, Vater ist da«, sagte eine der Töchter, und es wurde nicht mehr gelesen, daß des Mannes Nächster der gewesen war, der Barmherzigkeit an ihm getan hatte.

* * *

Etwas später am Tage saß die Hausmutter wieder auf demselben Platz und las in ihrer Bibel. Sie war allein. Die Frauen waren zur Kirche gegangen, und die Männer waren auf der Bärenjagd im Hochwalde. Sowie Ingmar Ingmarson gegessen und getrunken hatte, hatte er die Söhne mitgenommen und war in den Wald auf die Bärenjagd gegangen. Denn es ist nun einmal so, daß es eines Mannes Pflicht ist, den Bären zu fällen, wo und wann er ihm auch begegnet. Es geht nicht an, einen Bären zu schonen; denn früher oder später findet er doch Geschmack am Fleische und verschont dann weder Mensch noch Tier.

Aber seit sie auf die Jagd gegangen waren, war eine große Angst über die alte Hausmutter gekommen, und sie hatte zu lesen begonnen. Jetzt machte sie sich daran, was an diesem Tage in der Kirche gepredigt wurde, aber sie kam nicht weiter als bis zu dem Wort: »Friede auf Erden und den Menschen ein Wohlgefallen.« Sie blieb sitzen und starrte mit ihren erlöschenden Blicken diese Worte an, und von Zeit zu Zeit stieß sie einen tiefen Seufzer aus. Sie las nicht weiter, sondern wiederholte nur ein Mal ums andre mit langsamer schleppender Stimme: »Friede auf Erden und den Menschen ein Wohlgefallen.«

Da kam der älteste Sohn in die Stube, als sie sich gerade aufs neue durch diese Worte schleppte.

»Mutter«, sagte er sehr leise.

Sie hörte ihn, schlug aber die Augen nicht vom Buche auf, als sie fragte: »Bist du nicht mit im Walde?«

»Doch«, sagte er noch leiser. »Ich bin dort gewesen.«

»Komm hierher zum Tisch«, sagte sie, »so daß ich dich sehen kann.«

Er kam näher, aber als ihr Blick auf ihn fiel, sah sie, daß er zitterte. Er mußte sich auf die Tischkante stützen, um die Hände still halten zu können.

»Habt Ihr den Bären erlegt?« fragte sie wieder.

Jetzt konnte er nicht mehr antworten; er schüttelte nur den Kopf.

Die Alte stand auf und tat, was sie nicht getan hatte, seit der Sohn ein Kind gewesen war. Sie ging auf ihn zu, legte liebkosend die Hand auf seinen Arm, streichelte ihm die Wange und zog ihn auf die Bank. Dann setzte sie sich neben ihn und hielt seine Hand in der ihren. »Sag mir jetzt, was geschehen ist, mein Junge.«

Der Bursche erkannte die Liebkosung wieder, die ihn in den Jahren der Kindheit getröstet hatte, wenn er unglücklich und hilflos war; und das rührte ihn so tief, daß er zu weinen anfing. »Ich kann mir denken, daß es etwas mit Vater ist«, sagte sie.

»Ja, aber es ist noch schlimmer«, schluchzte der Sohn.

»Noch schlimmer?«

Der Bursche weinte immer heftiger; er wußte nicht, wie er Macht über seine Stimme bekommen sollte. Endlich hob er die grobe Hand mit den breiten Fingern und wies auf die Stelle, die sie eben gelesen hatte: »Friede auf Erden.«

»Hat es etwas damit zu tun?« fragte sie.

»Ja«, antwortete er.

»Mit dem Weihnachtsfrieden?«

»Ja.«

»Ihr wolltet heute morgen eine böse Tat tun.«

»Ja.«

»Und Gott hat uns gestraft?«

»Gott hat uns gestraft.«

Endlich erfuhr sie, wie es zugegangen war. Sie hatten die Bärenhöhle gesucht, und als sie so nahe waren, daß sie den Reisighaufen sehen konnten, waren sie stehen geblieben, um die Gewehre in Ordnung zu bringen. Aber ehe sie noch fertig waren, kam der Bär aus der Höhle gestürzt, gerade auf sie zu. Er sah weder nach rechts, noch nach links, er kam gerade auf den alten Ingmar Ingmarson zu und versetzte ihm einen Schlag auf den Kopf, der ihn zu Boden streckte, als wäre er vom Blitz getroffen. Aber niemand sonst fiel der Bär an, sondern stürzte an ihnen vorbei in den Wald hinein.

* *
*

Am Nachmittag fuhren Ingmar Ingmarsons Frau und Sohn in den Pfarrhof und meldeten den Todesfall an. Der Sohn führte das Wort. Die alte Hausmutter saß dabei und hörte zu, mit einem Gesicht, das regungslos war wie ein Steinbild.

Der Pfarrer saß in seinem Lehnstuhl am Schreibtisch. Er hatte seine Bücher hervorgenommen und den Todesfall aufgezeichnet. Er tat das ein wenig langsam: er wollte Zeit haben, darüber nachzudenken, was er der Witwe und dem Sohne sagen solle; denn dies war doch ein ungewöhnlicher Fall. Der Sohn hatte ganz offen erzählt, wie alles sich zugetragen hatte; doch der Pfarrer wollte gern wissen, wie sie selbst die Sache auffaßten. Es waren sehr eigentümliche Menschen, die Leute vom Ingmarhofe.

Als nun der Pfarrer das Buch zuschlug, sagte der Sohn: »Wir wollten Euch auch sagen, Herr Pfarrer, daß wir keine Personalien über Vater verlesen haben wollen.«

Der Pfarrer schob die Augengläser auf die Stirn und sah scharf forschend zu der alten Frau hinüber. Sie saß ebenso regungslos da wie zuvor. Sie zerknüllte nur das Taschentuch, das sie zwischen den Händen hielt.

»Wir werden ihn an einem Werktag begraben«, fuhr der Sohn fort.

»So, so, so, so«, sagte der Pfarrer. Es schwindelte ihm förmlich. Der alte Ingmar Ingmarson sollte unter die Erde kommen, ohne daß jemand darum wüßte. Die Dorfbewohner sollten nicht auf dem Hügel stehen und sehen, mit welchem Staat er zu Grabe getragen würde.

»Wir werden keinen Leichenschmaus halten. Wir haben es den Nachbarn mitgeteilt, damit sie kein ›Mitgebrachtes‹ bereiten.«

»So, so, so, so«, sagte der Pfarrer abermals. Er konnte nichts andres über die Lippen bringen. Er wußte wohl, was es für solche Leute bedeutete, vom Leichenschmaus abzustehen. Er hatte gesehen, wie sehr es Witwen und Vaterlose tröstete, einen stattlichen Leichenschmaus abzuhalten.

»Und es wird auch kein Trauerzug sein, nur ich und meine Brüder gehen mit.«

Der Pfarrer sah gleichsam Antwort heischend zu der Alten hinüber. Konnte sie dem wirklich zustimmen? Er fragte sich, ob der Sohn auch ihren Willen aussprächte. Sie saß ja da und ließ sich alles dessen berauben, was ihr kostbarer sein mußte als Silber und Gold.

»Wir wollen kein Glockengeläute haben und keine Silberplatten auf dem Sarge. Das wollen wir so, Mutter und ich. Aber wir sagen es Euch, Herr Pfarrer, um zu hören, ob Ihr es als ein Unrecht gegen Vater anseht.«

Nun ergriff auch die Frau das Wort. »Ja, wir wollen wissen, ob Ihr meint, Herr Pfarrer, daß es ein Unrecht gegen Vater sein kann.«

Der Pfarrer schwieg noch immer, und da fuhr die Frau eifrig fort: »Laßt Euch sagen, Herr Pfarrer: hätte mein Mann sich gegen den König oder den Vogt vergangen, und hätte ich ihn vom Galgen herunterschneiden müssen, er würde doch ein ehrliches Begräbnis bekommen haben, wie sein Vater vor ihm, denn die Ingmarsöhne fürchten niemand, und sie brauchen keinem aus dem Wege zu gehen. Aber um die Weihnachtszeit hat Gott Friede gesetzt zwischen Tieren und Menschen, und das arme Tier hielt Gottes Gebot, aber wir brachen es, und darum sind wir jetzt unter Gottes Strafgericht. Und es steht uns nicht an, in Prunk und Staat einherzugehen.«

Der Pfarrer stand auf und ging zu der Alten hin. »Es ist ganz recht, was Ihr sagt«, antwortete er, »und Ihr sollt Euern eignen Willen haben.« Und unwillkürlich fügte er hinzu, vielleicht mehr für sich selbst: »Die Ingmare sind doch großangelegte Menschen.«

Bei diesen Worten richtete sich die Alte ein wenig empor. Und der Pfarrer sah sie für einen Augenblick als das Sinnbild des ganzen Stammes. Er begriff, was Jahrhundert um Jahrhundert diesen schwerflüssigen und wortkargen Menschen die Macht gegeben hatte, die Führer eines ganzen Kirchspiels zu sein.

»Es kommt den Ingmarsöhnen zu, dem Volke ein gutes Beispiel zu geben«, sagte sie. »Es ist an uns, zu zeigen, daß wir demütig sind vor Gott.«

Der Totenschädel

Im Svartsjöer Kirchspiel in Värmland war einmal ein Mann, der war eines Weihnachtsabends überall in der ganzen Umgegend herumgegangen, um sich Gäste einzuladen, aber er hatte niemandes habhaft werden können, der an diesem Tage sein Haus verlassen wollte. Lange streifte er herum, aber als es schließlich zu dämmern begann, ohne daß es ihm gelungen war, einen einzigen Gast an sich zu locken, merkte er, daß ihm nichts anderes übrig blieb, als unverrichteter Dinge heimzukehren.

Der Mann hätte sich wirklich selbst sagen müssen, daß es nicht anders hatte kommen können, er hätte die Sache ruhig nehmen sollen, aber das tat er nicht, sondern war überaus erbost über all die Ablehnungen, die ihm zuteil geworden waren. Er hatte sowohl Eßwaren wie Branntwein eingekauft, und seine Frau war nun gerade damit beschäftigt, einen Schmaus zu richten. Aber was sollte das für eine Freude sein, wenn kein munterer Kamerad mitkommen und ihm am Weihnachtstisch Gesellschaft leisten wollte? »Das ist natürlich, weil sie sich zu gut dünken, zu mir zu kommen«, sagte er. »Weil ich Totengräber geworden bin, ist es nicht fein genug, den Weihnachtsabend in meinem Heim zu feiern.«

Diese Anklage war ganz ungerecht, denn man mag den Svartsjöern nachsagen, was man will, nie ist es einem Menschen aus diesem Kirchspiel in den Sinn gekommen, eine Einladung abzuschlagen, weil der Gastgeber ein zu geringer Mann ist. Und dieser Mann war ja kein gewöhnlicher Totengräber. Er hieß Anders Öster und war aus altem Spielmannsgeschlecht. Selbst war er Feldmusikant bei den Värmländer Jägern gewesen, und erst nachdem er gnädigen Abschied aus dem Kriegsdienst erhalten hatte, hatte er die Anstellung als Totengräber angenommen.

Obendrein war er nicht nur Totengräber, sondern auch Küster, ein Beruf, der durchaus nichts Abschreckendes an sich hat. Aber in der Gemütsstimmung, in der er sich augenblicklich befand, dachte er nur an die dunklen Seiten des Lebens.

»Wenn kein anderer zu mir kommen will, muß ich mir wohl ein paar Geister vom Kirchhof zu Gast laden«, murmelte er. »Die werden sich doch wenigstens nicht schämen, beim Totengräber zu schmausen.«

Er ging da eben an der alten, grauen Steinmauer vorbei, die den Svartsjöer Kirchhof einfriedet, und darum war natürlich ein solcher Gedanke in seinem Hirn entstanden, aber er hatte vorderhand noch durchaus nicht die Absicht, Ernst damit zu machen.

Als er noch ein paar Schritte gegangen war, merkte er jedoch, daß ein runder, weißer Gegenstand aus dem dürren Gras hervorschimmerte, das den Gehpfad besäumte. Das Ding blinkte viel weißer als ein gewöhnlicher Stein, und so blieb er stehen, um zu sehen, was das sein konnte. Da erblickte er in dem bleichen Dämmerlicht nichts Geringeres als einen Totenschädel. Er war wahrscheinlich mit Erde und Schutt aus einem Grab geworfen worden, das er am vorhergehenden Tag gegraben hatte, und dann war er wohl von irgend einem Tier dahin geschleppt worden, wo er jetzt lag.

Unter gewöhnlichen Umständen hätte der Mann sicherlich dieses Überbleibsel eines Menschen aufgehoben, der einer seiner Vorväter sein konnte, und auf jeden Fall im selben Kirchspiel gelebt hatte und gestorben war wie er; er hätte ihn in die Aufbahrungskammer getragen, aber jetzt war er nicht in der Laune, etwas so Einfaches und Natürliches zu tun. Er zog vielmehr den Hut, verbeugte sich lächelnd vor dem Totenschädel und sprach ihn mit einer eigentümlich milden, flötenden Stimme an, die er nur dann hatte, wenn er in seiner bösesten Laune war.

»Guten Abend, guten Abend!« sagte er. »Gehorsamster Diener. Ja, nun will ich vor allem ein fröhliches Weihnachtsfest wünschen, und dann möchte ich sagen, daß ich ausgezogen bin, um zum Schmaus zu bitten. Ich möchte wohl wissen, ob Ihr euch zu gut dünkt, um heute abend zu mir zu kommen? Es ist kein großes Fest, wißt Ihr, aber Essen und Branntwein wird es genug geben.«

Nachdem er diese Einladung vorgebracht hatte, blieb er mit dem Hut in der Hand stehen, wie um die Antwort abzuwarten.

»Nun, Ihr sagt doch wenigstens nicht nein«, fuhr er fort, nachdem er eine angemessene Zeit gewartet hatte, »und so darf ich wohl hoffen, daß Ihr kommt. Ich wohne dort drüben in dem großen Haus auf dem Kirchenhügel, so habt Ihr keinen langen Weg zum Gastmahl.«

Dabei lachte Anders Öster laut und wild auf, setzte den Hut auf den Kopf und begab sich in sein Heim, ohne sich auf dem Wege weiter aufzuhalten.

Es verhielt sich wirklich so, daß er der nächste Nachbar des Friedhofes war. Denn er hatte seine Wohnstatt im Gemeindehaus in ein paar kleinen Dachkammern. Als er nun durch die Einfahrt gegangen war und die Eingangstür öffnete, bot sich ihm ein Anblick, der nicht danach angetan war, seine schlechte Laune zu verbessern. Seine Frau lag nämlich gleich hinter der Tür auf dem Boden und scheuerte den unteren Vorraum. Ein kleines schmales Talglicht stand in einem Messingleuchter vor ihr auf dem nassen Fußboden und beleuchtete Wassereimer, Bürste und Wischfetzen.

»Ja, das schickt sich wirklich, daß du noch hier liegst und scheuerst, wenn jeden Augenblick Gäste kommen können!« sagte der Mann im Eintreten.

Sie hob das Gesicht, das überraschend schön war, mit reinen, feinen Zügen, und warf ihm einen hastigen Blick zu. Sie merkte sofort, wie die Sache stand.

»Ach so, niemand wollte kommen«, sagte sie. »Ja, hab' ich mir's nicht gedacht. Das hat man doch sein Lebtag nicht gehört, daß sich Menschen am Weihnachtsabend zu Gaste bitten lassen.«

»Nein, sie haben es alle zu gut, als daß sie zu uns kommen wollten«, sagte er mit einer Heftigkeit, als ob er eine Anklage gegen sie schleuderte. »Das heißt, einer hat die Einladung doch angenommen«, fuhr er in nachlässigem Tone fort, »aber er kommt erst etwas später.«

»Dann gehe doch zu uns hinauf und warte auf ihn«, sagte die Frau. »Es ist schon angezündet und gedeckt. Ich bin hier unten gleich fertig.«

Aber Anders Öster hatte durchaus keine Lust, so zu handeln, wie man ihn gebeten hatte. Er blieb im Flur stehen, der Scheuernden mitten im Wege. Das wußte er, und es erfüllte ihn mit bitterer Befriedigung.

Rechts von ihm öffnete sich die Tür zur Ratsstube, wo die Gemeindeältesten ihre Sitzungen und Zusammenkünfte abzuhalten pflegten. In der offenen Feuerstatt brannte eine große prasselnde Flamme, die den ganzen Raum erleuchtete, und Anders Öster stellte sich hin und sah hinein. Die Stube war in altertümlicher Weise eingerichtet, mit groben schmucklosen Balkenwänden, ungeheuren Dielen und sichtbaren Dachsparren. Starke, wandfeste Bänke liefen rings um den ganzen Raum, ein großer ungestrichener Holztisch mit gewundenen Beinen stand erhöht in einer Ecke, dem Eingang schräg gegenüber, und vor dem Tisch ein hochlehniger lederbezogener Bürgermeisterstuhl, ein wahrhaftes Sinnbild sicherer Gewalt und unerschütterlicher Ruhe.

Die Frau hatte auch drinnen gescheuert und dann den Boden mit weißem Seesand und gehacktem Wacholderreisig bestreut. In dem flackernden Schein der lodernden Flamme erschien der Raum Anders Öster ansehnlich und traulich zugleich, und er sagte zu der Frau:

»Wenn du fertig bist, kannst du die Weihnachtsgerichte heruntertragen und hier in der Ratsstube aufdecken. Ich glaube, ich will den Weihnachtsschmaus hier abhalten.«

Die Frau sah ganz entsetzt zu ihm auf.

»Was meinst du?« rief sie. »Du willst hier unten sitzen und mit dem saufen, den du erwartest? Man kann ja nichts vor die Fenster ziehen. Wenn jemand vorbeiginge, würdet ihr ja gesehen werden.«

Sie war ganz erregt. Die Ratsstube gehörte so wie die Kirche der Gemeinde, und sie betrachtete sie beinahe als eine heilige Stätte. Sie konnte sie sich nicht für ein Trinkgelage verwenden denken.

Aber Anders Öster wollte sich nicht darein finden, daß ihm an diesem Tage alles versagt wurde, was er sich wünschte.

»Sei doch nicht so widerspenstig, Bolla«, sagte er. »Ich sage dir, daß ich heute abend hier sitzen und meinen Weihnachtsschmaus halten will.«

Es war der große Tisch, die großen Stühle und die große Stube, die ihn lockten. Wenn er sein Weihnachtsfest, auf einem so ehrwürdigen Stuhle sitzend, feiern durfte, an einem Tisch, an dem neben ihm reichlich zwanzig, dreißig Leute Platz hatten, über einen Raum hinsehend, wo all die Mächtigen der Gemeinde sich zu versammeln pflegten, dann würde er sich als ein angesehener Mann fühlen, als ein Großbauer, und das war es, was ihm nottat.

»Du kannst sicher sein, daß du um deine Stelle kommst, wenn du das tust«, sagte die Frau. »Eine solche Tollheit wirst du nicht anstellen, solange ich lebe.«

Als die Frau sich in dieser entschiedenen Weise seinem Wunsche widersetzte, kannte sein Zorn keine Grenzen. All der Mißmut, der sich während des ganzen Tages in ihm angesammelt hatte, kochte nun auf und wollte zum Ausbruch kommen. Er erwiderte ihr kein Wort, sondern lief nur die Treppe zum Dachboden hinauf, und in ihr Zimmer, wo er das Jagdgewehr von der Wand riß.

Dann schlich er mit leisen Schritten zur Treppe zurück und beugte sich über das Geländer, so daß er die Frau sehen konnte, die noch immer dalag und den Flurboden scheuerte.

»Bolla, Bolla«, sagte er mit einer Stimme, die so sanft und weich war, daß sie beinahe von Honig triefte, »ist das dein Ernst, daß ich nicht am Ratstisch sitzen und meinen Weihnachtsschmaus essen darf, solange du am Leben bist?«

»Ja, das ist es!« rief sie rasch zurück; aber kaum war es gesagt, mußte sie daran denken, daß diese flötende Stimme nie etwas Gutes zu bedeuten hatte. Sie warf einen raschen Blick hinauf und erblickte eine blanke Büchsenmündung ein paar Ellen über ihrem Kopf.

Blitzschnell warf sie sich zurück. Im selben Augenblick war der Flur von Rauch und Feuer erfüllt, und eine Kugel schlug gerade vor ihr in den Fußboden ein.

»Herr, du Allmächtiger!« Sie ließ alles stehen und liegen und floh Hals über Kopf hinaus in die Dunkelheit.

Anders Öster machte keinen Versuch, sie zu verfolgen. Er lachte nur kalt und schneidend auf, ganz so wie früher auf dem Wege. Dann ging er ganz ruhig hinauf und hängte das Gewehr an seinen Platz.

Hierauf begann er mit großer Raschheit und Behendigkeit alles so einzurichten, wie er es haben wollte. Er puffte die Scheuergerätschaften in einen Winkel des Flurs, um freien Durchgang zu haben, und trug dann alles, was die Frau zum Schmaus aufgetischt hatte, in die Ratsstube hinunter. Er breitete ein Tuch auf dem Ratstisch aus, setzte zwei zierliche dreiarmige Leuchter darauf, mitten dazwischen stellte er einen großen Butterstollen, auf das sorgsamste gekräuselt und geziert, dann brachte er mehrere Sorten weiches Brot, fetten und mageren Käse, Wurst, Schinken, eine Hammelkeule, einen Humpen Weihnachtsbier sowie Messer und Teller. Zu allerletzt schleppte er das Branntweinfäßchen hinab, das er mitten auf den Tisch stellte, mit einem Kranz von Gläsern unter der Pipe.

Als alles in Ordnung war, setzte er sich auf den Bürgermeisterstuhl und aß und trank wohlbehaglich und in guter Ruhe.

Es war vermutlich so, daß der aufgehäufte Zorn in ihm, der ihn so gequält hatte, daß jedes Glied ihn schmerzte, durch den abgefeuerten Schuß einen Ablauf gefunden hatte. Er empfand eine solche Erleichterung, daß er gar nicht anders denken konnte, als daß er recht gehandelt hatte.

Warum mußte die Frau sich ihm auch in diesem widersetzen, das doch ein so unschuldiger Wunsch war? Es kam ihr doch zu, ihrem Mann untertänig zu sein. Nun war es ihr so ergangen, wie sie es verdient hatte. Er hatte nur Gerechtigkeit gegen sie geübt, und nicht genug damit, daß es gerecht war, es war auch klug.

Wie er da saß, erinnerte er sich an eine ganze Reihe von Fällen, wo sie widerspenstig gewesen war. Aber jetzt hatte es wohl mit derlei ein für allemal ein Ende. Jetzt hatte sie einmal gelernt, wer der Herr im Hause war. Es war ein ganz vortrefflicher Einfall gewesen, auf sie zu schießen, fortab würde er bessere Tage haben und mehr Freude in seiner Ehe.

Er war müde und hungrig und ließ sich das Essen wohl schmecken. Nach einer Weile, als er sich satt zu fühlen begann, dachte er jedoch mit erneutem Bedauern daran, daß er nicht imstande gewesen war, sich Gesellschaft zu verschaffen.

Da fiel ihm mit einemmal der Totenschädel ein. »Ich glaube, er will es machen wie die andern und sich auch nicht einfinden«, sagte er. »Da bleibt wohl nichts anderes übrig, als daß ich fortgehe und ihn hole.«

Er setzte den Hut auf, legte die wenigen Schritte zum Friedhof zurück und kam bald mit dem Totenschädel in der Hand zurück.

Es klebte eine Menge Erde daran fest, und so tauchte er ihn in den Eimer und trocknete ihn mit dem Scheuerfetzen ab. Als er ihn so fein, als er nur konnte, gemacht hatte, stellte er ihn auf dem Tisch vor sich auf. – – –

Die Frau saß mittlerweile ganz verstört und verweint in einem Bauernhof, der einige wenige Schritte von der Kirche entfernt lag. Sie war zu guten Freunden und Nachbarn gekommen, die sie zu trösten versuchten, und da es Weihnachtsabend war, tat sie ihr möglichstes, um wenigstens ihre Tränen zu unterdrücken, damit sie mit ihrem Jammer nicht ihre Weihnachtsfreude störe. Aber sie hatte das Gefühl, daß sie da saß und in einen Abgrund hineinstarrte, in den sie stürzen mußte.

»Er hat auf mich geschossen!« dachte sie einmal ums andere. »Er hat mich töten wollen! Was soll aus uns werden?«

Wäre er betrunken gewesen, dann hätte es weniger zu sagen gehabt. Aber er war nüchtern gewesen, und er hatte sie töten wollen, um solch einer Lappalie wegen.

Sie dachte an die lange Zeit, die sie miteinander gelebt hatten. Mehr als zwanzig Jahre hatten sie Gutes und Böses miteinander geteilt, und nun war es dahin gekommen, daß er auf sie geschossen hatte. Es war also nicht die geringste Spur von Zärtlichkeit für sie in seinem Herzen nach all der Not und all den Kümmernissen, die sie miteinander durchgemacht hatten.

Hier im Bauernhof, in den sie ihre Zuflucht genommen hatte, waren ein paar kleine Jungen, die der ganze Vorfall ungemein interessierte. Immer wieder liefen sie hinaus, guckten durch die Fenster in das Gemeindehaus und erzählten ihr dann, was sie gesehen hatten.

»Jetzt trägt er das Essen hinunter und deckt auf dem großen Ratstisch auf«, berichteten sie. Nach einer Weile hieß es: »Jetzt sitzt er auf dem Bürgermeisterstuhl und ißt und trinkt.«

Das nächstemal erzählten sie, daß er da saß und sprach, ganz als ob noch jemand im Zimmer bei ihm wäre. Er hob das Glas und trank jemandem zu, den die Kinder nicht sehen konnten.

Die Frau fragte nur wenig danach, was der Mann trieb. Sie konnte an nichts andres denken, als dieses Einzige, daß er auf sie geschossen hatte! Es schien ihr ganz unmöglich, zu ihm zurückzukehren. Nicht so sehr der Gedanke, daß sie in ewiger Angst vor einem Manne leben mußte, der beim geringsten Widerspruch gleich zum Gewehr griff, hinderte sie, in sein Haus zurückzukehren. Es war vielmehr das herzlähmende Gefühl, daß er sie hassen mußte, wenn er imstande war, sie auf diese Weise zu überfallen.

Das war unrettbar. Das ließ sich nie wieder gut, nie ungeschehen machen. Der Grund, auf dem sie ihr Glück gebaut hatten, war eingestürzt. Jetzt hatte es keinen Halt mehr.

Kalte Schauer schüttelten sie, während sie der Bäuerin half, die Grütze rühren und den Weihnachtstisch decken. »Er hat mich ja doch mit seinem Schuß getötet«, dachte sie; »er ist mir gerade durchs Herz gegangen.«

Sie hatte sich eben mit den anderen am Weihnachtstisch niedergelassen, als die Tür sachte aufging und der Mann eintrat. Er ging nicht in das Zimmer vor, sondern blieb im Schatten bei der Tür stehen. Er winkte ihr nicht, daß sie zu ihm kommen solle; er machte überhaupt keine Bewegung, er stand nur da.

Im ersten Augenblick empfand sie nichts anderes als Zorn, daß er es wieder wagte, ihr in die Nähe zu kommen, und sie zwang sich, ihn nicht anzusehen und zu tun, als ob er gar nicht da wäre. Aber natürlich konnte sie es doch nicht lassen, hie und da einen hastigen Blick zur Tür zu werfen, und sie wunderte sich, daß er so still dastand. »Es ist ihm etwas geschehen«, dachte sie. »Er ist nicht derselbe wie vorhin. Er ist ganz weiß im Gesicht. Gewiß ist er krank geworden. Vielleicht hatte er schon Fieber, als er vorhin auf mich schoß.«

Sie stand vom Tisch auf, sagte leise: »Habt schönen Dank«, und ging auf die Tür zu. Der Mann öffnete sie und ging vor ihr aus dem Hause und auf ihr Heim zu. Er ging den ganzen Weg schweigend, und sie hatte das Gefühl, daß sie seinem Geiste folgte, nicht ihm selbst.

Sie wußte ja, daß er in der Ratsstube aufgedeckt hatte, aber davon war jetzt keine Spur zu sehen, sondern alles war fein säuberlich zurecht-gestellt. Er ging über die Treppe in ihre eigene Wohnung auf dem Dachboden. Auch da sah alles ganz so aus, wie da sie von daheim fortgelaufen war.

Das einzige, was ihr fremd war, war ein Totenschädel, der in einer Ecke des Zimmers auf einem Tisch stand. Der Mann stellte sich an den Tisch und wies auf den Schädel.

»Sieh ihn an«, sagte er.

Sie tat es, aber konnte nichts Ungewöhnliches daran sehen.

»Siehst du, daß er erschossen worden ist, ermordet?« sagte er. »Er ist kein Selbstmörder gewesen. Der Schuß ist von rückwärts gekommen, hier dicht hinter dem Ohr.«

»Ja, ich sehe«, sagte sie in zitternder Erwartung.

»Kannst du dich erinnern, je von einem gehört zu haben, der in diesem Kirchspiel erschossen worden wäre? Nein, so etwas hat sich zu unserer Zeit nicht begeben, und auch nicht zu unserer Eltern Zeit. In dieser Gegend ist wohl nicht oft jemand ermordet worden. Dieser hier ist vielleicht der einzige von all jenen, die auf dem Friedhof begraben liegen, der durch einen Schuß gefallen ist, und just heut' abend ist er zu mir gekommen.«

Er nickte ihr, das, was er eben gesagt hatte, bekräftigend, zu und fuhr fort:

»Denke doch nur! Von den vielen tausend Schädeln, die hier auf dem Friedhof begraben sind, gibt es vielleicht nur diesen einen, der von einer Mörderkugel durchbohrt wurde, und gerade der liegt nun hier vor mir.«

Die Frau stand noch immer stumm da.

»Er lag mir im Wege, als ich heute abends heimging, gerade dieser hier mit dem Schußzeichen. Er wollte sich mir wohl zeigen, aber ich sah ihn damals nicht so recht an. Später, als ich allein hier saß, kam er mir immer in den Sinn, so daß ich schließlich nicht anders konnte, ich mußte gehen und ihn holen. Er erbarmte mich, weil er so allein draußen in der Kälte und Dunkelheit lag, und überdies wollte ich jemanden haben, mit dem ich reden konnte. Und als ich ihn dann vor mir auf den Tisch stellte und ein Glas einschenkte, um mit ihm anzustoßen, da sah ich, daß er von einem Schuß zersprengt war. Was sagst du dazu, Bolla? Wo ist er her, und warum kam er mir gerade heute abend in den Weg? Woher kommt es, daß ich ihn gleich hineinnehmen mußte, nachdem ich auf dich geschossen hatte?«

»Das war wohl Gott«, flüsterte sie und faltete die Hände.

»Ja«, erwiderte er ebenfalls flüsternd. »So ist es. Es war Gottes Wille. Er wollte, daß ich gerade diesen sehen sollte. Er sollte mir zeigen, was es war, was ich hatte tun wollen. Er wurde mir gesendet, damit ich meine große Sünde und Verworfenheit erkenne.«

Sie näherten sich einander. Unwillkürlich faßten sie sich bei den Händen und blieben still vor dem Totenschädel stehen, mit einem Ausdruck im Gesicht wie zwei unschuldige Kinder. Sicherlich war er ihnen von Gott gesandt. Er sagte ihnen durch seine Gegenwart, daß Gott sich ihrer annahm, daß er Erbarmen mit ihnen hatte und sie retten wollte.

Sie fühlten plötzlich, daß alles andere ohne Belang war. Die Frau verlangte nicht, daß der Mann ihr sage, daß er bereue. Sie hatte ganz vergessen, daß sie nicht mehr mit ihm zusammenleben wollte. Der Mann dachte nicht mehr, wer von ihnen beiden jetzt der Herrschende im Hause sein würde. Sie hätten tausendmal aufgebrachter gegeneinander sein können, sich tausendmal mehr vorzuwerfen haben können, alles wäre vergessen gewesen, vor der beseligenden Gewißheit, daß Gott sich ihrer erbarmt hatte und sie davor erretten wollte, einander zu hassen.

Gott wollte ihnen wohl. Darum hatte er ihnen einen Warner geschickt. Vor etwas so Großem vergaßen sie nicht nur ihren Groll gegeneinander, sie vergaßen auch ihre Armut, ihre Zukunftssorgen. Sie fühlten das größte Glück, das Menschen empfinden können.

Die Legende von der Christrose

Die Räubermutter, die in der Räuberhöhle oben im Göinger Walde hauste, hatte sich eines Tages auf einen Bettelzug in das Flachland hinunter begeben. Der Räubervater selbst war ein friedloser Mann und durfte den Wald nicht verlassen, sondern mußte sich damit begnügen, den Wegfahrenden aufzulauern, die sich in den Wald wagten; doch zu der Zeit, als der Räubervater und die Räubermutter sich in dem Göinger Wald aufhielten, gab es im nördlichen Schoonen nicht allzuviel Reisende. Wenn es sich also begab, daß der Räubervater ein paar Wochen lang Pech mit seiner Jagd hatte, dann machte sich die Räubermutter auf die Wanderschaft. Sie nahm ihre fünf Kinder mit, und jedes der Kleinen hatte zerfetzte Fellkleider und Holzschuhe und trug auf dem Rücken einen Sack, der gerade so lang war wie es selbst. Wenn die Räubermutter zu einer Haustüre hereinkam, dann wagte niemand, ihr das zu verweigern, was sie verlangte, denn sie bedachte sich keinen Augenblick, in der nächsten Nacht zurückzukehren und das Haus anzuzünden, in dem man sie nicht freundlich aufgenommen hatte. Die Räubermutter und ihre Nachkommenschaft waren ärger als die Wolfsbrut, und gar mancher hatte Lust, ihnen seinen guten Speer nachzuwerfen, aber dies geschah niemals; denn man wußte, daß der Mann dort oben im Walde hauste und sich zu rächen wissen würde, wenn den Kindern oder der Alten etwas zuleide geschähe.

Wie nun die Räubermutter so von Hof zu Hof zog und bettelte, kam sie eines schönen Tages nach Öved, das zu jener Zeit ein Kloster war. Sie klingelte an der Klosterpforte und verlangte etwas zu essen, und der Türhüter ließ ein kleines Schiebfensterchen herab und reichte ihr sechs runde Brote, eines für sie und eines für jedes Kind.

Aber während die Räubermutter so still vor der Klosterpforte stand, liefen ihre Kinder umher. Und nun kam eines von ihnen heran und zupfte sie am Rocke, zum Zeichen, daß es etwas gefunden hätte, was sie sich ansehen sollte, und die Räubermutter ging auch gleich mit ihm.

Das ganze Kloster war von einer hohen, starken Mauer umgeben, aber der kleine Junge hatte es zustande gebracht, ein kleines Hintertürchen zu finden, das angelehnt stand. Als die Räubermutter hinkam, stieß sie sogleich das Pförtchen auf und trat, ohne erst viel zu fragen, ein, wie es eben bei ihr der Brauch war.

Aber das Kloster Öved wurde zu jener Zeit von Abt Johannes regiert, der ein gar pflanzenkundiger Mann war. Er hatte sich hinter der Klostermauer einen kleinen Lustgarten angelegt, und in diesen drang nun die Räubermutter ein.

Im ersten Augenblick war sie so erstaunt, daß sie regungslos stehen blieb. Es war Hochsommerzeit, und der Garten des Abtes Johannes stand so voll von Blumen, daß es einem blau und rot und gelb vor den Augen flimmerte, wenn man hineinsah. Aber bald zeigte sich ein vergnügtes Lächeln auf dem Gesicht der Räubermutter, und sie begann einen schmalen Gang hinunterzugehen, der zwischen vielen kleinen Blumenbeeten durchlief.

Im Garten stand der Laienbruder, der Gärtnergehilfe war, und jätete das Unkraut aus. Er war es, der die Tür in der Mauer halb offen gelassen hatte, um Queckengras und Melde auf den Kehrichthaufen davor werfen zu können. Als er die Räubermutter mit ihren fünf Bälgern hinter sich her in den Lustgarten treten sah, stürzte er ihnen sogleich entgegen und befahl ihnen, sich zu trollen. Aber die alte Bettlerin ging weiter, als sei nichts geschehen. Sie ließ die Blicke hinauf und hinab wandern, sah bald die starren weißen Lilien an, die sich auf einem Beet ausbreiteten, und bald den Efeu, der die Klosterwand hoch emporkletterte, und bekümmerte sich nicht im geringsten um den Laienbruder.

Der Laienbruder dachte, sie hätte ihn nicht verstanden. Da wollte er sie am Arm nehmen, um sie nach dem Ausgang umzudrehen. Aber als die Räubermutter seine Absicht merkte, warf sie ihm einen Blick zu, vor dem er zurückprallte. Sie war unter ihrem Bettelsack mit gebeugtem Rücken gegangen, aber jetzt richtete sie sich zu ihrer vollen Höhe auf. – »Ich bin die Räubermutter aus dem Göinger Wald«, sagte sie, »rühr mich nur an, wenn du es wagst.« Und es sah aus, als ob sie nach diesen Worten ebenso sicher wäre, in Frieden von dannen zu ziehen, als hätte sie verkündet, daß sie die Königin von Dänemark sei.

Aber der Laienbruder wagte es dennoch, sie zu stören, obgleich er jetzt, wo er wußte, wer sie war, recht sanftmütig zu ihr sprach. – »Du mußt wissen, Räubermutter«, sagte er, »daß dies ein Mönchskloster ist, und daß es keiner Frau im Lande verstattet wird, hinter diese Mauer zu kommen. Wenn du nun nicht deiner Wege gehst, dann werden die Mönche mir zürnen, weil ich vergessen habe, das Tor zu schließen, und sie werden mich vielleicht von Kloster und Garten verjagen.«

Doch solche Bitten waren an die Räubermutter verschwendet. Die ging weiter durch die Rosenbeete und guckte sich den Ysop an, der mit lilafarbnen Blüten bedeckt war, und das Kaprifolinum, das voll rotgelber Blumentrauben hing.

Da wußte sich der Laienbruder keinen andern Rat, als in das Kloster zu laufen und um Hilfe zu rufen.

Er kam mit zwei handfesten Mönchen zurück, und die Räubermutter sah sogleich, daß es nun Ernst wurde. Sie stellte sich breitbeinig in den Weg und begann mit gellender Stimme herauszuschreien, welche furchtbare Rache sie an dem Kloster nehmen würde, wenn sie nicht im Lustgarten bleiben dürfte, solange sie wollte. Aber die Mönche meinten, daß sie sie nicht zu fürchten brauchten, und sie dachten nur daran, sie zu vertreiben. Da stieß die Räubermutter schrille Schreie aus, stürzte sich auf sie und kratzte und biß, und ebenso machten es alle ihre Sprossen. Die drei Männer merkten bald, daß sie ihnen überlegen war. Es blieb ihnen nichts andres übrig, als in das Kloster zu gehen und Verstärkung zu holen.

Wie sie über den Pfad liefen, der in das Kloster führte, begegneten sie dem Abt Johannes, der herbeigeeilt war, um zu sehen, was für ein Lärm das wäre, den man vom Lustgarten hörte. Da mußten sie gestehen, daß die Räubermutter aus dem Göinger Walde in das Kloster gedrungen war; sie hätten nicht vermocht, sie zu vertreiben, und wollten sich nun Entsatz schaffen.

Aber Abt Johannes tadelte sie, daß sie Gewalt angewendet hätten, und verbot ihnen, um Hilfe zu rufen. Er schickte die beiden Mönche zu ihrer Arbeit zurück, und obgleich er ein alter, gebrechlicher Mann war, nahm er nur den Laienbruder mit in den Garten.

Als Abt Johannes dort anlangte, ging die Räubermutter wie zuvor zwischen den Beeten umher. Und er konnte sich nicht genug über sie wundern. Er war ganz sicher, daß die Räubermutter nie zuvor in ihrem Leben einen Lustgarten erblickt hätte. Aber wie dem auch sein mochte, – sie ging zwischen allen den kleinen Beeten umher, die jedes mit einer andern Art fremder und seltsamer Blumen bepflanzt waren, und betrachtete sie, als wären es alte Bekannte. Es sah aus, als hätte sie schon öfters Immergrün und Salbei und Rosmarin gesehen. Einigen lächelte sie zu, und über andre wieder schüttelte sie den Kopf.

Abt Johannes liebte seinen Garten mehr als alle andern Dinge, die irdisch und vergänglich sind. So wild und grimmig die Räubermutter auch aussah, so konnte er es doch nicht lassen, Gefallen daran zu finden, daß sie mit drei Mönchen gekämpft hatte, um ihn in Ruhe zu betrachten. Er ging auf sie zu und fragte sie freundlich, ob ihr der Garten gefalle.

Die Räubermutter wendete sich heftig gegen Abt Johannes, denn sie war nur auf Hinterhalt und Überfall gefaßt, aber als sie seine weißen Haare und seinen gebeugten Rücken sah, da antwortete sie ganz freundlich: »Als ich ihn zuerst erblickte, da schien es mir, als ob ich nie etwas Schöneres gesehen hätte, aber jetzt merke ich, daß er sich mit einem andern nicht messen kann, den ich kenne.«

Abt Johannes hatte sicherlich eine andre Antwort erwartet. Als er hörte, daß die Räubermutter einen Lustgarten kennte, der schöner wäre, als der seine, bedeckten sich seine runzeligen Wangen mit einer schwachen Röte.

Der Gärtnergehilfe, der daneben stand, begann auch sogleich die Räubermutter zurechtzuweisen. – »Dies ist Abt Johannes, Räubermutter«, sagte er, »der selber mit großem Fleiß und Mühe von fern und nah die Blumen für seinen Garten gesammelt hat. Wir wissen alle, daß es im ganzen schoonischen Land keinen reicheren Lustgarten gibt, und es steht dir, die du das ganze liebe Jahr im wilden Walde hausest, wahrlich übel an, sein Werk meistern zu wollen.«

»Ich will niemand meistern, weder ihn, noch dich«, sagte die Räubermutter, »ich sage nur, wenn ihr den Lustgarten sehen könntet, an den ich denke, dann würdet ihr jegliche Blume, die hier steht, ausraufen und sie als Unkraut fortwerfen.«

Aber der Gärtnergehilfe war kaum weniger stolz auf die Blumen als Abt Johannes selbst, und als er diese Worte hörte, begann er höhnisch zu lachen. – »Ich kann mir wohl denken, daß du nur so schwätzest, Räubermutter, um uns zu reizen«, sagte er, »das wird mir ein schöner Garten sein, den du dir unter Tannen und Wacholderbüschen im Göinger Walde eingerichtet hast! Ich wollte meine Seele verschwören, daß du überhaupt noch nie hinter einer Gartenmauer gewesen bist.«

Die Räubermutter wurde rot vor Ärger, daß man ihr also mißtraute, und sie rief: »Es mag wohl sein, daß ich niemals vor heute hinter einer Gartenmauer gestanden habe, aber ihr Mönche, die ihr heilige Männer seid, solltet wohl wissen, daß der große Göinger Wald sich in jeder Weihnachtsnacht in einen Lustgarten verwandelt, um die Geburtsstunde unseres Herrn und Heilands zu feiern. Wir, die wir im Walde leben, haben dies nun jedes Jahr geschehen sehen, und in diesem Lustgarten habe ich so herrliche Blumen geschaut, daß ich es nicht wagte, die Hand zu erheben, um sie zu brechen.«

Da lachte der Laienbruder noch lauter und stärker: »Es ist gar leicht für dich, dazustehen und mit derlei zu prahlen, was kein Mensch sehen kann. Aber ich kann nicht glauben, es könnte etwas andres als Lüge sein, daß der Wald Christi Geburtsstunde an einer solchen Stelle feiern sollte, wo so unheilige Leute wohnen, wie du und der Räubervater.« – »Und das, was ich sage, ist doch ebenso wahr«, entgegnete die Räubermutter, »wie daß du es nicht wagen würdest, in einer Weihnachtsnacht in den Wald zu kommen, um es zu sehen.« Der Laienbruder wollte ihr von neuem antworten, aber Abt Johannes bedeutete ihn durch ein Zeichen, stillzuschweigen. Denn Abt Johannes hatte schon seit seiner Kindheit erzählen hören, daß der Wald sich in der Weihnachtsnacht in ein Feierkleid hülle. Er hatte sich oft danach gesehnt, es zu sehen, aber es war ihm niemals gelungen. Nun begann er die Räubermutter gar eifrig zu bitten und anzurufen, sie möge ihn um die Weihnachtszeit in die Räuberhöhle kommen lassen. Wenn sie nur eins ihrer Kinder schickte, ihm den Weg zu zeigen, dann wolle er allein hinaufreiten, und er würde sie nie und nimmer verraten, sondern sie im Gegenteil so reich belohnen, wie es nur in seiner Macht stünde.

Die Räubermutter weigerte sich zuerst, denn sie dachte an den Räubervater und an die Gefahr, der sie ihn preisgab, wenn sie Abt Johannes in ihre Höhle kommen ließe; aber dann wurde doch der Wunsch, ihm zu zeigen, daß der Lustgarten, den sie kannte, schöner sei als der seinige, in ihr übermächtig, und sie gab nach.

»Aber mehr als einen Begleiter darfst du nicht mitnehmen«, sagte sie. »Und du darfst uns keinen Hinterhalt und keine Falle stellen, so gewiß du ein heiliger Mann bist.«

Dies versprach Abt Johannes, und damit ging die Räubermutter. Aber Abt Johannes befahl dem Laienbruder, niemand zu verraten, was nun vereinbart worden war. Er fürchtete, daß seine Mönche, wenn sie von seinem Vorhaben etwas erführen, einem alten Mann, wie er es war, nicht gestatten würden, hinauf in die Räuberhöhle zu ziehen.

Auch er selbst wollte den Plan keiner Menschenseele verraten. Aber da begab es sich, daß Erzbischof Absalon aus Lund gereist kam und eine Nacht in Öved verbrachte. Als nun Abt Johannes ihm seinen Garten zeigte, fiel ihm der Besuch der Räubermutter ein; und der Laienbruder, der dort umherging und arbeitete, hörte, wie der Abt dem Bischof vom Räubervater erzählte, der nun so viele Jahre vogelfrei im Walde gehaust hätte, und um einen Freibrief für ihn bat, damit er wieder ein ehrliches Leben unter andern Menschen führen könnte. – »Wie es jetzt geht«, sagte Abt Johannes, »wachsen seine Kinder zu ärgeren Missetätern heran, als er selbst einer ist, und Ihr werdet es dort oben im Walde bald mit einer ganzen Räuberbande zu tun bekommen.«

Doch Erzbischof Absalon erwiderte, daß er den bösen Räuber nicht auf die ehrlichen Leute im Lande loslassen wolle. Es sei für alle am besten, wenn er dort oben in seinem Walde bliebe.

Da wurde Abt Johannes eifrig und begann dem Bischof vom Göinger Wald zu erzählen, der sich jedes Jahr rings um die Räuberhöhle in Weihnachtsschmuck kleide. »Wenn diese Räuber nicht schlimmer sind, als daß Gottes Herrlichkeit sich ihnen zeigen will«, sagte er, »so können sie wohl auch nicht zu schlecht sein, um die Gnade der Menschen zu erfahren.«

Aber der Erzbischof wußte Abt Johannes zu antworten. – »Soviel kann ich dir versprechen, Abt Johannes«, sagte er und lächelte, »an welchem Tage immer du mir eine Blume aus dem Weihnachtsgarten im Göinger Walde schickst, will ich dir einen Freibrief für alle Friedlosen geben, für die du mich bitten magst.«

Der Laienbruder sah, daß Bischof Absalon ebensowenig wie er selbst an die Geschichte der Räubermutter glaubte, aber Abt Johannes merkte nichts davon, sondern dankte Absalon für sein gütiges Versprechen und sagte, die Blume wollte er ihm schon schicken.

* *
*

Abt Johannes setzte seinen Willen durch, und am nächsten Weihnachtsabend saß er nicht daheim in Öved, sondern war auf dem Wege nach Göinge. Einer der wilden Jungen der Räubermutter lief vor ihm her, und zum Geleit hatte er den Knecht, der im Lustgarten mit der Räubermutter gesprochen hatte.

Abt Johannes hatte sich den ganzen Herbst über schon sehr danach gesehnt, diese Fahrt anzutreten, und freute sich nun sehr, daß sie zustande gekommen war. Aber ganz anders stand es mit dem Laienbruder, der ihm folgte. Er hatte Abt Johannes von Herzen lieb und würde es nicht gern einem andern überlassen haben, ihn zu begleiten und über ihn zu wachen, aber er glaubte keineswegs, daß sie einen Weihnachtsgarten zu Gesicht bekommen würden, er dachte nichts andres, als daß das Ganze eine Falle sei, die die Räubermutter mit großer Schlauheit Abt Johannes gelegt hätte, damit er ihrem Mann in die Hände falle.

Während Abt Johannes nordwärts zur Waldgegend ritt, sah er, wie überall Anstalten getroffen wurden, das Weihnachtsfest zu feiern. In jedem Bauerndorf machte man Feuer in der Badehütte, damit sie zum nachmittägigen Bade warm sei. Aus den Vorratskammern wurden große Mengen von Fleisch und Brot in die Hütten getragen, und aus den Tennen kamen die Burschen mit großen Strohgarben, die über den Boden gestreut werden sollten.

Als er an dem kleinen Dorfkirchlein vorüberritt, sah er, wie der Priester und seine Küster vollauf damit beschäftigt waren, sie mit den besten Geweben zu behängen, die sie nur hatten auftreiben können; und als er zu dem Wege kam, der nach dem Kloster Bosjö führte, sah er die Armen des Klosters mit großen Brotlaiben und langen Kerzen daherwandern, die sie an der Klosterpforte bekommen hatten.

Als Abt Johannes alle diese Weihnachtszurüstungen sah, da spornte er zur Eile an. Denn er dachte daran, daß seiner ein größeres Fest harre, als irgendeiner der anderen feiern sollte.

Doch der Knecht jammerte und klagte, als er sah, wie sie sich auch in der kleinsten Hütte anschickten, das Weihnachtsfest zu feiern. Und er wurde immer ängstlicher und bat und beschwor Abt Johannes, umzukehren und sich nicht freiwillig in die Hände der Räuber zu geben.

Aber Abt Johannes ritt weiter, ohne sich um seine Klagen zu kümmern. Er hatte bald das Flachland hinter sich und kam nun hinauf in die einsamen, wilden Wälder. Hier wurde der Weg schlechter. Er war eigentlich nur noch ein steiniger, nadelbestreuter Pfad, und nicht Brücke nicht Steg halfen ihnen über Flüsse und Bäche. Je länger sie ritten, desto kälter wurde es, und tief drinnen im Walde war der Boden mit Schnee bedeckt.

Es war ein langer und beschwerlicher Ritt. Sie schnitten auf steilen und schlüpfrigen Seitenpfaden den Weg ab und zogen über Moor und Sumpf, drangen durch Windbrüche und Dickicht. Gerade als der Tag zur Neige ging, führte der Räuberjunge sie über eine Waldwiese, die von hohen Bäumen umgeben war, von nackten Laubbäumen und von grünen Nadelbäumen. Hinter der Wiese erhob sich eine Felswand, und in der Felswand sahen sie eine Tür aus rohen Planken. Nun merkte

Abt Johannes, daß sie am Ziel waren, und er stieg vom Pferde. Das Kind öffnete ihm die schwere Tür, und er sah in eine ärmliche Berggrotte mit nackten Steinwänden. Die Räubermutter saß an einem Blockfeuer, das mitten auf dem Boden brannte, an den Wänden standen Lagerstätten aus Tannenreisig und Moos, und auf einer von ihnen lag der Räubervater und schlief. – »Kommt herein, ihr dort draußen!« rief die Räubermutter, ohne aufzustehen. »Und nehmt die Pferde mit, damit sie nicht draußen in der Nachtkälte zugrunde gehen!«

Abt Johannes trat nun kühnlich in die Grotte, und der Laienbruder folgte ihm. Da sah es gar ärmlich und dürftig aus, und nichts war geschehen, um das Weihnachtsfest zu feiern. Die Räubermutter hatte weder gebraut, noch gebacken, sie hatte weder gefegt, noch gescheuert. Ihre Kinder lagen auf der Erde rings um einen Kessel, aus dem sie aßen; aber darin war nichts besseres als dünne Wassergrütze.

Doch die Räubermutter war ebenso stolz und selbstbewußt wie nur irgendeine wohlbestallte Bauersfrau. – »Setze dich nun hier ans Feuer, Abt Johannes, und wärme dich«, sagte sie, »und wenn du Wegzehrung mitgebracht hast, so iß, denn was wir hier im Walde kochen, wird dir wohl nicht munden. Und wenn du vom Ritt müde bist, kannst du dich auf eine dieser Lagerstätten ausstrecken und ruhen. Du brauchst keine Angst zu haben, daß du dich verschlafen könntest. Ich sitze hier am Feuer und wache, und ich will dich schon wecken, damit du zu sehen bekommst, wonach du ausgeritten bist.«

Abt Johannes gehorchte der Räubermutter in allen Stücken und nahm seinen Schnappsack hervor. Aber er war nach dem Ritt so müde, daß er kaum zu essen vermochte; und sowie er sich auf dem Lager ausgestreckt hatte, schlummerte er ein.

Dem Laienbruder ward auch eine Ruhestatt angewiesen, aber er wagte nicht, zu schlafen, weil er ein wachsames Auge auf den Räubervater haben wollte, damit dieser nicht etwa aufstünde und Abt Johannes fesselte. Allmählich jedoch erlangte die Müdigkeit auch über ihn solche Gewalt, daß er einschlummerte. Als er erwachte, sah er, daß Abt Johannes sein Lager verlassen hatte und jetzt am Feuer saß und mit der Räubermutter Zwiesprach pflog. Der Räubervater saß daneben. Er war ein hochaufgeschossener magerer Mann und sah schwerfällig und trübsinnig aus. Er kehrte Abt Johannes den Rücken, und es sah aus, als wolle er nicht zeigen, daß er dem Gespräch zuhörte.

Abt Johannes erzählte der Räubermutter von allen den Weihnachtszurüstungen, die er unterwegs gesehen hatte, und er erinnerte sie an
die Weihnachtsfeste und die fröhlichen Weihnachtsspiele, die wohl
auch sie in ihrer Jugend mitgemacht hätte, als sie noch in Frieden unter
den Menschen lebte. - »Es ist ein Jammer, daß eure Kinder nie verklei-
det auf der Dorfstraße umhertollen oder im Weihnachtsstroh spielen
dürfen«, sagte Abt Johannes. Die Räubermutter hatte ihm zuerst kurz
und barsch geantwortet, aber so allmählich wurde sie kleinlauter und
lauschte eifrig. Plötzlich wendete sich der Räubervater gegen Abt Johannes und hielt ihm die geballte Faust vor das Gesicht. - »Du elender
Mönch, bist du hierhergekommen, um Weib und Kinder von mir
fortzulocken? Weißt du nicht, daß ich ein friedloser Mann bin und
diesen Wald nicht verlassen darf?« Abt Johannes sah ihm unerschrocken
gerade in die Augen. - »Mein Wille ist es, dir einen Freibrief vom
Erzbischof zu verschaffen«, sagte er. Kaum hatte er dies gesagt, als der
Räubervater und die Räubermutter ein schallendes Gelächter aufschlu-
gen. Sie wußten nur zu wohl, welche Gnade ein Waldräuber vom Bischof Absalon zu erwarten hatte. - »Ja, wenn ich einen Freibrief von
Absalon bekomme«, sagte der Räubervater, »dann gelobe ich dir, nie
mehr auch nur soviel wie eine Gans zu stehlen.«

Den Gärtnergehilfen verdroß es sehr, daß das Räuberpack sich ver-
maß, Abt Johannes auszulachen; aber dieser selbst schien es ganz zufrieden zu sein. Der Knecht hatte ihn kaum je friedvoller und milder unter
seinen Mönchen auf Öved sitzen sehen, als er ihn jetzt unter den wilden
Räuberleuten sah.

Aber plötzlich sprang die Räubermutter auf.

»Du sitzest hier und plauderst, Abt Johannes«, sagte sie, »und wir
vergessen ganz, nach dem Wald zu sehen. Jetzt höre ich bis in unsere
Höhle, wie die Weihnachtsglocken läuten.«

Kaum war dies gesagt, als alle aufsprangen und hinausliefen; aber
im Walde war noch dunkle Nacht und grimmiger Winter. Das einzige,
was man vernahm, war ferner Glockenklang, der von einem leisen
Südwind hergetragen wurde.

Wie soll dieser Glockenklang den toten Wald wecken können?
dachte Abt Johannes. Denn jetzt, wo er mitten im Waldesdunkel stand,
schien es ihm viel unmöglicher als früher, daß hier ein Lustgarten er-
stehen könnte.

Aber als die Glocke ein paar Augenblicke geläutet hatte, zuckte plötzlich ein Lichtstrahl durch den Wald. Gleich darauf wurde es ebenso dunkel wie zuvor, aber dann kam das Licht wieder. Es kämpfte sich wie ein leuchtender Nebel zwischen den dunkeln Bäumen durch. Und soviel vermochte es, daß die Dunkelheit in schwache Morgendämmerung überging.

Da sah Abt Johannes, wie der Schnee vom Boden verschwand, als hätte jemand einen Teppich fortgezogen; und die Erde begann zu grünen. Das Farrnkraut streckte seine Triebe hervor, eingerollt wie Bischofstäbe. Die Erika, die auf der Steinhalde wuchs, und der Porsch, der im Moor wurzelte, kleideten sich rasch in frisches Grün. Die Mooshügelchen schwollen und hoben sich, und die Frühlingsblumen schossen mit schwellenden Knospen auf, die schon einen Schimmer von Farbe hatten.

Abt Johannes klopfte das Herz heftig, als er die ersten Zeichen sah, daß der Wald erwachen wollte. – Soll nun ich alter Mann ein solches Wunder schauen! dachte er. Und die Tränen wollten ihm in die Augen treten.

Nun wurde es wieder so dämmerig, daß er fürchtete, die nächtliche Finsternis könnte aufs neue Macht erlangen. Aber sogleich kam eine neue Lichtwelle hereingebrochen. Die brachte das Murmeln von Bächlein und das Rauschen der eisbefreiten Bergströme mit. Da schlugen die Blätter der Laubbäume so rasch aus, als wären grüne Schmetterlinge herangeflattert und hätten sich auf den Zweigen niedergelassen. Und nicht nur die Bäume und Pflanzen erwachten. Die Kreuzschnäbel begannen über die Zweige zu hüpfen. Die Spechte hämmerten an die Stämme, daß die Holzsplitter nur so flogen. Ein Zug Stare, der das Land hinanflog, ließ sich in einem Tannenwipfel nieder, um zu ruhen. Es waren prächtige Stare. Die Spitze jedes kleinen Federchens leuchtete glänzend rot, und wenn die Vögel sich bewegten, glitzerten sie wie Edelsteine.

Wieder wurde es für ein Weilchen still, aber bald begann es von neuem. Ein starker, warmer Südwind blies und säte über die Waldwiese alle die Samen aus südlichen Ländern, die von Vögeln und Schiffen und Winden in das Land gebracht worden waren und auf seinem kargen Boden nirgend anders blühen konnten; und sie schlugen Wurzel und schossen Triebe in demselben Augenblick, da sie den Boden berührten.

Als die nächste Welle kam, fingen Blaubeeren und Preißelbeeren zu blühen an. Wildgänse und Kraniche riefen hoch oben in der Luft, die

Buchfinken bauten ihr Nest, und die Eichhörnchen begannen in den Baumzweigen zu spielen.

Alles ging nun so rasch, daß Abt Johannes gar nicht Zeit hatte, zu überlegen, welches Wunder gerade geschah. Er hatte nur Zeit, Augen und Ohren weit aufzumachen. Die nächste Welle, die herangebraust kam, brachte den Duft frischgepflügter Felder. Aus weiter Ferne hörte man, wie die Hirtinnen die Kühe lockten, und wie die Glöckchen der Lämmer klingelten. Tannen und Fichten bekleideten sich so dicht mit kleinen roten Zapfen, daß die Bäume wie Seide leuchteten. Der Wacholder trug Beeren, die jeden Augenblick die Farbe wechselten. Und die Waldblumen bedeckten den Boden, daß er ganz weiß und blau und gelb war.

Abt Johannes beugte sich zur Erde und brach eine Erdbeerblüte. Und während er sich aufrichtete, reifte die Beere. Die Füchsin kam aus ihrer Höhle mit einer großen Schar von schwarzbeinigen Jungen hinter sich her. Sie ging auf die Räubermutter zu und rieb sich an ihrem Rock, und die Räubermutter beugte sich zu ihr hinunter und lobte ihre Jungen. Der Uhu, der eben seine nächtige Jagd begonnen hatte, kehrte wieder nach Hause zurück, ganz erstaunt über das Licht, suchte seine Schlucht auf und legte sich schlafen. Der Kuckuck rief, und das Kuckucksweibchen umkreiste mit einem Ei im Schnabel die Nester der Singvögel.

Die Kinder der Räubermutter stießen zwitschernde Freudenschreie aus. Sie aßen sich an den Waldbeeren satt, die groß wie Tannenzapfen an den Sträuchern hingen. Eines von ihnen spielte mit einer Schar junger Hasen, ein andres lief mit den jungen Krähen um die Wette, die aus dem Nest gehüpft waren, ehe sie noch flügge waren, das dritte hob die Natter vom Boden und wickelte sie sich um Hals und Arm. Der Räubervater stand draußen auf dem Moor und aß Brombeeren. Als er aufsah, ging ein großes schwarzes Tier neben ihm einher. Da brach der Räubervater einen Weidenzweig und schlug dem Bären auf die Schnauze. – »Bleib du, wo du hingehörst«, sagte er. »Das ist mein Platz.« Da machte der Bär kehrt und trabte nach seiner Seite fort.

Immer wieder kamen neue Wellen von Wärme und Licht, und jetzt brachten sie Entengeschnatter vom Waldmoor her. Gelber Blütenstaub von den Feldern schwebte in der Luft. Schmetterlinge kamen, so groß, daß sie wie fliegende Lilien aussahen. Das Nest der Bienen in einer hohlen Eiche war schon so voll von Honig, daß er am Stamm hinuntertropfte. Jetzt begannen auch die Blumen sich zu entfalten, deren Samen aus fremden Ländern gekommen waren. Die Rosenbüsche kletterten um die Wette mit den Brombeeren die Felswand hinan, und oben auf der Waldwiese sprossen Blumen, so groß wie ein Menschengesicht. Abt Johannes dachte an die Blume, die er für Bischof Absalon pflücken wollte, aber eine Blume wuchs herrlicher heran als die andre, und er wollte die allerschönste wählen.

Welle um Welle kam, und jetzt war die Luft so von Licht durchtränkt, daß sie glitzerte. Und alle Lust und aller Glanz und alles Glück des Sommers lächelte rings um Abt Johannes. Es war ihm, als könnte die Erde keine größere Freude bringen als die, die ihn über den plötzlichen Anbruch der schönen Jahreszeit erfüllte, und er sagte zu sich selbst: »Jetzt weiß ich nicht, was die nächste Welle, die kommt, noch an Herrlichkeit bringen kann.«

Aber das Licht strömte noch immer zu, und jetzt däuchte es Abt Johannes, daß es etwas aus einer unendlichen Ferne bringe. Er fühlte, wie überirdische Luft ihn umwehte, und er begann zitternd zu erwarten, es würde nun, nachdem die Freude der Erde gekommen war, des Himmels Herrlichkeit anbrechen.

Abt Johannes merkte, wie alles still wurde: die Vögel verstummten, die jungen Füchslein spielten nicht mehr, und die Blumen ließen ab, zu wachsen. Die Seligkeit, die nahte, war von der Art, daß einem das Herz stillstehen wollte; das Auge weinte, ohne daß es darum wußte, die Seele sehnte sich, in die Ewigkeit hinüberzufliegen. Aus weiter, weiter Ferne hörte man leise Harfentöne und überirdischen Gesang. Abt Johannes faltete die Hände und sank in die Kniee. Sein Gesicht strahlte von Seligkeit. Nie hatte er erwartet, daß es ihm beschieden sein würde, schon in diesem Leben des Himmels Wonne zu kosten und die Engel Weihnachtslieder singen zu hören.

Aber neben Abt Johannes stand der Gärtnergehilfe, der ihn begleitet hatte. Er sah den Räuberwald voll Grün und Blumen, und er wurde zornig in seinem Herzen, weil er sah, daß er einen solchen Lustgarten nie und nimmer schaffen könnte, wie er sich auch mit Hacke und Spaten mühte. Und er vermochte nicht zu begreifen, warum Gott solche Herrlichkeit an das Räubergesindel verschwende, das seine Gebote mißachtete.

Gar dunkle Gedanken zogen durch seinen Kopf. »Das kann kein rechtes Wunder sein«, dachte er, »das sich bösen Missetätern zeigt. Das kann nicht von Gott stammen, das ist aus Zauberei entsprungen. Es ist von des Teufels arger List hierher gesandt. Es ist die Macht des bösen Feindes, die uns verhext und uns zwingt, das zu sehen, was nicht ist.«

In der Ferne hörte man Engelsharfen klingen, und Engelgesang ertönte, aber der Laienbruder glaubte, daß es die böse Macht der Unholde sei, die nahe. »Sie wollen uns locken und verführen«, seufzte er, »nie kommen wir mit heiler Haut davon, wir werden betört und dem Abgrund verkauft.«

Jetzt waren die Engelscharen so nahe, daß Abt Johannes ihre Lichtgestalten zwischen den Stämmen des Waldes schimmern sah. Und der Laienbruder sah dasselbe wie er, aber er dachte nur, welche Arglist darin läge, daß die bösen Geister ihre Künste gerade in der Nacht betrieben, in der der Heiland geboren war. Dies geschah ja nur, um die Christen um so sicherer ins Verderben zu stürzen.

Die ganze Zeit über hatten die Vögel Abt Johannes Haupt umschwärmt, und er hatte sie zwischen seine Hände nehmen können. Aber vor dem Laienbruder hatten sich die Tiere gefürchtet: kein Vogel hatte sich auf seine Schulter gesetzt, und keine Schlange spielte zu seinen Füßen. Nun war da eine kleine Waldtaube. Als sie merkte, daß die Engel nahe waren, nahm sie ihren ganzen Mut zusammen und flog dem Laienbruder auf die Schulter und schmiegte das Köpfchen an seine Wange. Da vermeinte er, daß der Zauber ihm nun völlig auf den Leib rücke, ihn in Versuchung zu führen und zu verderben. Er schlug mit der Hand nach der Waldtaube und rief mit lauter Stimme, so daß es durch den Wald hallte:

»Zeuch du zur Hölle, von wannen du kommen bist!«

Gerade da waren die Engel so nahe, daß Abt Johannes den Hauch ihrer mächtigen Fittiche fühlte, und er hatte sich zur Erde geneigt, sie zu grüßen. Aber als die Worte des Laienbruders ertönten, da verstummte urplötzlich ihr Gesang, und die heiligen Gäste wendeten sich zur Flucht. Und ebenso floh das Licht und die milde Wärme in unsäglichem Schreck vor der Kälte und Finsternis in einem Menschenherzen. Die Dunkelheit sank auf die Erde hinab wie eine Decke, die Kälte kam, die Pflanzen auf dem Boden schrumpften zusammen, die Tiere enteilten, das Rauschen der Wasserfälle verstummte, das Laub fiel von den Bäumen, prasselnd wie Regen.

Abt Johannes fühlte, wie sein Herz, das eben vor Seligkeit gezittert hatte, sich jetzt in unsäglichem Schmerz zusammenkrampfte. Niemals kann ich dies überleben, dachte er, daß die Engel des Himmels mir so nahe waren und vertrieben wurden, daß sie mir Weihnachtslieder singen wollten und in die Flucht gejagt wurden.

In demselben Augenblick erinnerte er sich an die Blume, die er Bischof Absalon versprochen hatte, und er beugte sich zur Erde und tastete unter dem Moos und Laub, um noch im letzten Augenblick etwas zu finden. Aber er fühlte, wie die Erde unter seinen Fingern gefror, und wie der weiße Schnee über den Boden geglitten kam.

Da ward sein Herzeleid noch größer. Er konnte sich nicht erheben, sondern mußte auf dem Boden liegen bleiben.

Aber als die Räubersleute und der Laienbruder sich in der tiefen Dunkelheit zur Räuberhöhle zurückgetappt hatten, da vermißten sie Abt Johannes. Sie nahmen glühende Scheite aus dem Feuer und zogen aus, ihn zu suchen, und sie fanden ihn tot auf der Schneedecke liegen.

Und der Laienbruder hub an zu weinen und zu klagen, denn er erkannte, daß er es war, der Abt Johannes getötet hatte, weil er ihm den Freudenbecher entrissen, nach dem er gelechzt hatte.

* *
*

Aber als Abt Johannes nach Öved hinuntergebracht worden war, sahen die, die sich des Toten annahmen, daß er seine rechte Hand hart um etwas geschlossen hielt, was er in seiner Todesstunde umklammert haben mußte. Und als sie die Hand endlich öffnen konnten, fanden sie, daß, was er mit solcher Stärke festhielt, ein paar weiße Wurzelknollen waren, die er aus Moos und Laub hervorgerissen hatte. Und als der Laienbruder, der Abt Johannes geleitet hatte, diese Wurzeln sah, nahm er sie und pflanzte sie in des Abtes Garten in die Erde.

Er pflegte sie und wartete das ganze Jahr, daß eine Blume daraus erblühe, doch er wartete vergebens den ganzen Frühling und Sommer und Herbst. Als endlich der Winter anbrach und alle Blätter und Blumen tot waren, hörte er auf zu warten. Als aber der Weihnachtsabend kam, da überkam ihn die Erinnerung an Abt Johannes so mächtig, daß er in den Lustgarten hinausging, seiner zu gedenken. Und siehe, wie er nun an der Stelle vorbeikam, wo er die kahlen Wurzelknollen eingepflanzt hatte, da sah er, daß üppige grüne Stengel daraus emporgesproßt waren, die schöne Blumen mit silberweißen Blättern trugen.

Da rief er alle Mönche von Öved zusammen; und als sie sahen, daß diese Pflanze am Weihnachtsabend blühte, wo alle andern Blumen tot waren, da erkannten sie, daß sie wirklich von Abt Johannes aus dem Weihnachtslustgarten im Göinger Wald gepflückt war.

Aber der Laienbruder sagte den Mönchen, nun ein so großes Wunder geschehen sei, sollten sie einige von den Blumen dem Bischof Absalon schicken.

Als nun der Laienbruder vor Bischof Absalon hintrat, reichte er ihm die Blumen und sagte: »Dies schickt dir Abt Johannes. Es sind die Blumen, die er dir aus dem Weihnachtslustgarten im Göinger Walde zu pflücken versprochen hat.«

Und als Bischof Absalon die Blumen sah, die in dunkler Winternacht der Erde entsprossen waren, und als er die Worte hörte, wurde er so bleich, als wäre er einem Toten begegnet. Eine Weile saß er schweigend da, dann sagte er: »Abt Johannes hat sein Wort gut gehalten; so will auch ich das meine halten.« Und er ließ einen Freibrief für den wilden Räuber ausstellen, der von Jugend an friedlos im Walde gelebt hatte.

Er übergab dem Laienbruder den Brief, und dieser zog damit von dannen, hinauf in den Wald und suchte den Weg zur Räuberhöhle. Als er am Weihnachtstage dort eintrat, da eilte ihm der Räuber mit erhobner Axt entgegen. – »Ich will euch Mönche niederschlagen, so viele euer auch sind!« rief er. »Sicherlich hat sich um euretwillen der Göinger Wald in dieser Nacht nicht in sein Weihnachtskleid gehüllt.«

»Es ist einzig und allein meine Schuld«, sagte der Laienbruder, »und ich will gerne dafür sterben. Aber zuerst muß ich dir eine Botschaft von Abt Johannes bringen.« Und er zog den Brief des Bischofs heraus und verkündete ihm, daß er nicht mehr vogelfrei sei, und zeigte ihm das Siegel Absalons, das an dem Pergamente hing. – »Fortab sollst du mit deinen Kindern im Weihnachtsstroh spielen, und ihr sollt das Christfest unter den Menschen feiern, wie es der Wunsch des Abtes Johannes war«, sagte er.

Da blieb der Räubervater stumm und bleich stehen, aber die Räubermutter sagte in seinem Namen: »Abt Johannes hat sein Wort getreulich gehalten, so wird auch der Räubervater das seine halten.«

Doch als der Räubervater und die Räubermutter aus der Räuberhöhle fortzogen, da zog der Laienbruder hinein und hauste dort einsam im Walde unter unablässigem Gebet, daß sein hartes Herz ihm verziehen werde.

Und niemand darf ein strenges Wort über einen sagen, der bereut und sich bekehrt hat, wohl aber kann man wünschen, daß seine bösen

Worte ungesagt geblieben wären, denn nie mehr hat der Göinger Wald die Geburtsstunde des Heilands gefeiert, und von seiner ganzen Herrlichkeit lebt nur noch die Pflanze, die Abt Johannes dereinst gepflückt hat. Man hat sie Christrose genannt, und jedes Jahr läßt sie ihre weißen Blüten und ihre grünen Stengel um die Weihnachtszeit aus dem Erdreich sprießen, als könnte sie nie und nimmer vergessen, daß sie einmal in dem großen Weihnachtslustgarten erwachsen ist.

Die heilige Nacht

Als ich fünf Jahre alt war, hatte ich einen großen Kummer. Ich weiß kaum, ob ich seither einen schwereren erlitten habe.

Es war damals, als meine Großmutter starb. Tag für Tag hatte sie bis dahin in ihrem Zimmer auf dem Ecksofa gesessen und Märchen erzählt.

Ich kann es mir gar nicht anders vorstellen, als daß Großmutter dasaß und vom Morgen bis zum Abend erzählte und erzählte, während wir Kinder ganz still neben ihr saßen und lauschten. Es war ein herrliches Leben. Und es gab keine Kinder, die es so schön hatten wie wir. Sonst weiß ich nicht mehr viel von meiner Großmutter. Ich entsinne mich nur, daß sie schönes, schlohweißes Haar hatte, daß sie mit tiefgebeugtem Rücken einherging, und daß sie immer dasaß und an einem Strumpf strickte.

Auch entsinne ich mich, daß sie immer, wenn sie ein Märchen erzählt hatte, ihre Hand auf meinen Kopf legte und dabei sagte: »Und all dies ist so wahr, wie ich Dich sehe und wie Du mich siehst.«

Dabei fällt mir auch noch ein, daß sie Lieder singen konnte. Das tat sie jedoch nicht alle Tage. Eine dieser Volksweisen handelte von einem Ritter und einem Meerweib, und der Kehrreim lautete: »Es stürmt der Wind so eisig kalt auf Meereswellen hin.«

Und dann erinnere ich mich auch noch eines kleinen Gebetes, das sie mich lehrte, und ein Psalmenvers kommt mir in den Sinn. An all die schönen Märchen, die sie mir erzählte, habe ich nur eine schwache, verworrene Erinnerung. Nur einer einzigen Geschichte entsinne ich mich so gut, daß ich sie nacherzählen könnte. Es ist eine kleine Geschichte von Jesu Geburt.

Seht, das ist nun fast alles, was ich noch von meiner Großmutter weiß, ausgenommen das eine, dessen ich mich am besten entsinne, und das war die schmerzliche Sehnsucht, die ich empfand, als sie von uns gegangen war. Ich erinnere mich noch jenes Morgens, an dem das Ecksofa plötzlich leer dastand, und wie unbegreiflich es uns erschien, daß die Stunden jenes Tages ein Ende nehmen könnten. Dessen entsinne ich mich. Das werde ich *niemals* vergessen.

Und ich erinnere mich, daß wir Kinder hereingeführt wurden, um die Hand der Toten zu küssen. Wir fürchteten uns davor, aber da sagte uns jemand, es sei das letzte Mal, daß wir Großmutter für alle Freude danken könnten, die sie uns gespendet hatte.

Und ich erinnere mich, wie Märchen und Lieder, in einem langen, schwarzen Sarge verpackt, vom Gutshof wegführen und niemals zurückkehrten.

Ich erinnere mich, daß uns damals etwas aus dem Leben unwiederbringlich entschwunden war. Es war, als hätte sich die Pforte einer ganzen herrlichen Zauberwelt geschlossen, in der wir zuvor frei ein- und ausgehen konnten. Und nun war niemand mehr, der sich darauf verstand, diese Pforte zu öffnen.

Ich erinnere mich, daß wir Kinder ganz allmählich lernten, mit Puppen und Spielzeug zu spielen und wie andere Kinder zu leben – und das mochte wohl so aussehen, als entbehrten wir Großmutter gar nicht mehr, oder als erinnerten wir uns ihrer nicht.

Aber noch heutigen Tages, nach vierzig Jahren, wie ich nun dasitze und diese Legenden über Christus sammle, die ich im fernen Morgenlande vernommen habe, ersteht in meinem Inneren die kleine Geschichte von Jesu Geburt, die meine Großmutter zu erzählen pflegte. Und ich verspüre Lust, sie noch einmal zu erzählen und in meine Legendensammlung aufzunehmen.

Es war ein Weihnachtstag, an dem alle, außer Großmutter und mir, zur Kirche gefahren waren. Ich glaube, daß wir im ganzen Hause allein waren. Wir hatten nicht mitfahren können, weil die eine zu jung und die andere zu alt war. Und wir waren beide ganz traurig darüber, daß wir nicht zur Frühmette fahren und die Weihnachtskerzen nicht sehen konnten. Als wir aber so in unserer Einsamkeit dasaßen, begann Großmutter zu erzählen:

»Es war einmal ein Mann, der in die dunkle Nacht hinausging, um sich etwas Feuersglut zu holen. Er ging von Hütte zu Hütte und klopfte an jede Tür. ›Helft mir, Ihr lieben Leute!‹ sagte er. ›Mein Weib ist eben eines Kindleins genesen, und ich muß Feuer anzünden, um sie und das Kindlein zu erwärmen.‹

Aber es war tiefe Nacht, so daß alle Menschen fest schliefen. Niemand antwortete ihm.

Der Mann ging immer weiter. Schließlich gewahrte er in weiter Ferne einen hellen Feuerschein. Er wanderte in dieser Richtung fort und sah, daß das Feuer im Freien brannte. Eine Menge weißer Schafe lagerte schlafend ringsumher, und ein alter Hirt saß daneben und bewachte die Herde.

Als der Mann, der das Feuer holen wollte, die Schafe erreicht hatte, sah er, daß drei große Hunde schlafend zu des Hirten Füßen lagen. Bei seinem Kommen erwachten sie alle drei und sperrten ihre weiten Rachen auf, als ob sie bellen wollten, man vernahm jedoch keinen Laut. Der Mann sah, daß sich die Haare auf ihrem Rücken sträubten, er sah, daß ihre spitzen Zähne im Feuerschein weißleuchtend aufblitzten, und er sah auch, daß sie auf ihn zustürzten. Er fühlte, daß einer ihn ins Bein biß, der zweite nach seiner Hand schnappte und der dritte ihm an die Kehle sprang. Aber die Kinnladen und die Zähne, mit denen die Hunde ihn beißen wollten, gehorchten nicht, und der Mann erlitt nicht den geringsten Schaden.

Nun wollte er vorwärts gehen, um zu holen, was er brauchte. Aber die Schafe lagen Rücken an Rücken so dicht gedrängt, daß er nicht vorwärts kam. Und der Mann schritt über die Rücken der Tiere zum Feuer hin. Aber keines erwachte oder bewegte sich.«

Bis dahin hatte Großmutter ungestört erzählen können, länger jedoch vermochte ich nicht an mich zu halten, ohne sie zu unterbrechen. »Weshalb taten sie es nicht, Großmutter?« fragte ich. »Das wirst Du bald erfahren«, sagte Großmutter und erzählte weiter.

»Als der Mann schon beim Feuer angelangt war, blickte der Hirt auf. Er war ein alter, heftiger Mann, unfreundlich und hart gegen alle Menschen. Als er nun einen Fremden nahen sah, griff er nach einem langen, spitzen Stabe, den er in der Hand zu halten pflegte, wenn er seine Herde weiden ließ, und schleuderte ihn nach dem Manne. Der Stab flog sausend gerade auf ihn zu, aber ehe er ihn treffen konnte, wich er zur Seite und flog an ihm vorbei ins Feld hinaus.«

Als Großmutter so weit gekommen war, unterbrach ich sie nochmals. »Großmutter, warum wollte der Stecken den Mann nicht treffen?« Aber Großmutter kümmerte sich um meine Frage gar nicht, sondern fuhr in ihrer Erzählung fort.

»Nun kam der Mann auf den Hirten zu und sprach zu ihm: ›Lieber, hilf mir und laß mich etwas von Deiner Feuersglut nehmen! Mein Weib ist eben eines Kindleins genesen, und ich muß Feuer anzünden, um sie und das Kindlein zu erwärmen.‹

Der Hirt hätte es ihm am liebsten abgeschlagen, aber er dachte daran, daß seine Hunde diesem Manne keinen Schaden hatten zufügen können, daß die Schafe nicht vor ihm davongelaufen waren, und daß sein Stab ihn nicht hatte hinstrecken wollen. Da wurde ihm etwas bänglich zumute, und er wagte nicht, ihm die Bitte abzuschlagen. ›Nimm so viel Du brauchst!‹ sagte er zu dem Manne.

Das Feuer war jedoch fast gänzlich niedergebrannt. Weder Holzscheite noch Zweige waren vorhanden, nur ein großer Gluthaufen lag da, und der Fremde hatte weder Schaufel noch Eimer, um darin die rotglühenden Kohlen heimzutragen.

Als der Hirt dies sah, sprach er abermals: ›Nimm so viel Du brauchst!‹ Und er freute sich, daß der Mann nicht imstande sein würde, die Glut mitzunehmen.

Aber der Mann beugte sich nieder, las mit bloßen Händen die glühenden Kohlen aus der Asche und wickelte sie in seinen Mantel. Und die Kohlen versengten ihm weder Hände noch Mantel, und der Mann trug sie davon, als wären es Äpfel und Nüsse.«

Aber hier unterbrach ich die Märchenerzählerin zum drittenmal. »Großmutter, warum wollten die Kohlen den Mann nicht verbrennen?«

»Das wirst Du noch erfahren«, sagte Großmutter und erzählte weiter.

»Als jener Hirt, der ein so böser und heftiger Mensch war, all dies sah, fragte er sich selber verwundert: ›Was kann das für eine Nacht sein, da die Hunde nicht beißen, die Schafe sich nicht fürchten, der Speer nicht tötet und das Feuer nicht versengt?‹ Er rief den Fremden zurück und sprach zu ihm: ›Was ist das für eine Nacht? Und wie kommt es, daß alle Dinge Dir Barmherzigkeit zeigen?‹

Da sprach der Mann: ›Das kann ich Dir nicht sagen, wenn Du es nicht selber erkennst.‹ Und wollte seines Weges gehen, um bald ein Feuer anzuzünden und sein Weib und Kind erwärmen zu können.

Der Hirt aber dachte, er wolle den Mann nicht ganz aus dem Gesicht verlieren, ehe er erführe, was all dies zu bedeuten habe. Er stand auf und ging ihm nach, bis er dorthin kam, wo der Fremde hauste.

Da sah der Hirt, daß der Mann nicht einmal eine Hütte besaß, um darin zu wohnen, sondern sein Weib und Kind lagen in einer Felsenhöhle, die nur nackte, kalte Steinwände hatte. Und der Hirt dachte, daß das arme unschuldige Kind vielleicht in dieser Höhle erfrieren und sterben würde, und obwohl er ein hartherziger Mann war, rührte ihn dieses Elend, und er sann nach, wie er dem Kinde helfen könnte. Er löste seinen Ranzen von der Schulter und nahm daraus ein weiches, weißes Schaffell, gab es dem fremden Manne und sagte, er solle das Kindlein darauf betten.

Aber sobald er gezeigt hatte, daß auch er barmherzig sein konnte, wurden ihm die Augen geöffnet, und er sah, was er zuvor nicht wahrgenommen hatte, und hörte, was zuvor seinen Ohren verschlossen war:

Er sah, daß er inmitten einer dichten Schar kleiner, silberbeschwingter Engel stand, die einen Kreis um ihn bildeten. Und jedes Englein hielt ein Saitenspiel, und alle sangen mit jubelnder Stimme, daß in dieser Nacht der Heiland geboren sei, der die ganze Welt von ihren Sünden erlösen würde.

Da verstand er, weshalb sogar alle leblosen Dinge in dieser Nacht so froh waren, daß sie niemandem etwas zuleide tun mochten.

Und nicht nur rings um den Hirten waren Engel, überall gewahrte er sie. Sie saßen in der Felsenhöhle, und sie saßen draußen auf den Bergen, auch unter dem Himmel flogen sie hin und her. Sie kamen in großen Scharen auf den Wegen dahergewandelt, und wenn sie vorbeischritten, blieben sie stehen und warfen einen Blick auf das Kindlein in der Höhle.

Jubel und Freude, Sang und Spiel waren allüberall, und der Hirt sah es in der dunkeln Nacht, in der er sonst nichts hatte wahrnehmen können. Voll Freude, daß seine Augen geöffnet waren, sank er auf die Knie und lobete Gott.«

Und als Großmutter so weit gekommen war, seufzte sie und sprach: »Aber was der Hirt sah, das könnten wir auch sehen, denn die Engel fliegen in jeder Weihnachtsnacht unter dem Himmel einher, wenn wir sie nur zu erkennen vermögen.«

Und dann legte Großmutter ihre Hand auf meinen Scheitel und sprach: »Dessen sollst Du eingedenk sein, denn es ist so wahr, wie ich Dich sehe und Du mich siehst. Nicht auf Kerzen und Lampen kommt es an, noch auf Sonne und Mond, sondern was nottut, ist einzig und allein, daß wir die rechten Augen haben, Gottes Herrlichkeit zu sehen.«

Ein Emigrant

Wohl in dem Vorgefühl von all dem Trüben und Schweren, das er um ihretwillen erdulden sollte, mochte der Knabe die Puppe gar nicht ansehen, als er sie am Weihnachtsabend bekam. Er sagte gerade heraus, er wolle nicht mit Puppen spielen, er, der doch ein Junge war. Die Mutter hatte ihn gefragt, ob sie die Puppe auf den Boden tragen oder sie dem kleinen Mädchen des Droschkenkutschers schenken solle, das er nicht leiden konnte, und sogar dazu hatte er ja gesagt. Es war ihm ganz gleichgültig, was aus dieser abscheulichen Puppe wurde.

Aber was nun auch der Grund sein mochte, die Puppe wurde doch nicht zum Droschkenkutscher getragen, sondern fand sich noch am Weihnachtsmorgen in der Wohnung vor. Der Knabe war dadurch erwacht, daß die Mutter aufstand und sich ankleidete, um zur Weihnachtsmette zu gehen, und er hatte ein bißchen gejammert, daß er allein zu Hause liegenbleiben sollte.

»Du bist doch nicht allein«, hatte die Mutter gesagt. »Jetzt hast du doch jemanden, der dir Gesellschaft leisten kann.«

Damit hatte die Mutter die große Fleckchenpuppe genommen, sie auf einen Stuhl an den Tisch gesetzt und sie mit einer brennenden Lampe davor zurückgelassen. Es sollte hell im Zimmer sein, damit der Kleine sah, daß jemand da war, der über ihn wachte, und er die ganze Zeit, da die Mutter weg war, ruhig schlafen konnte.

Der Knabe wollte der Mutter nicht sagen, wie kindisch ihm das alles vorkam. Er hätte gern gewußt, ob sie denn vergessen hatte, daß sie einen Jungen zum Kind hatte, nicht ein Mädel. Er ließ sie jedoch gehen, ohne weitere Einwände zu erheben, denn es war ihm ganz recht, unter vier Augen mit der Puppe zu bleiben. Wenn sie nur erst allein waren, dann würde sie schon nicht allzulange an dem Tisch unter der Lampe sitzenbleiben. Sie würde schon auf ihren rechten Platz kommen, darauf konnte sie sich verlassen.

Als die Mutter in der Türe stand, im Begriffe zu gehen, sagte sie noch: »Du kannst Laban hier fragen, wie es in der Weihnachtsnacht zuging, als Jesus geboren wurde. Du glaubst gar nicht, wieviel er von allem weiß, was sich einmal in der Welt zugetragen hat.«

Nein, das ging doch über den Spaß. Die dumme Puppe dort am Tisch! Die Mutter wurde wohl bald ebenso einfältig wie die Puppe selbst.

Aber es war merkwürdig. Wie er am Weihnachtsmorgen da lag und die Puppe anguckte und sich dachte, daß das wohl die letzte war, die ihm etwas erzählen konnte, gleichviel was, merkte er, daß sie plötzlich eine andere geworden war.

Sie war doch früher als ein Matrose kostümiert gewesen, mit weiter Bluse, weißen langen Hosen und einer schirmlosen Mütze, auf der ihr Name »Laban« mit rotem Wollgarn gestickt war, aber so sah sie jetzt nicht mehr aus. Sie hatte sich ganz plötzlich in einen der Hirten verwandelt, die in derselbigen Nacht, in der Jesus geboren ward, über die Flur gingen und die Schafe hüteten. Er hörte auch die Engel in der Luft über dem Kopf der Puppe singen, und er sah, wie sie sich aufrichtete, um zu sehen, was für merkwürdige Vögel durch die dunkle Nacht flogen.

Alles war genau so, wie er es die Mutter am Abend vorher erzählen gehört hatte, nur mit dem Unterschied, daß er jetzt alles vor sich sah, ganz so, wie es geschehen war. Es war Nacht, und es waren Engel, und es waren lebende Schafe. Das war etwas anderes, als nur davon erzählen zu hören.

Der Junge war damals erst drei Jahre alt. Und deshalb konnte er wohl nichts von dem, was die Puppe und er an jenem Morgen zusammen gesehen hatten, in seiner Erinnerung bewahren. Daß sie auch nach Bethlehem gegangen waren und das Jesuskind gesehen hatten, glaubte er wohl, aber er konnte sich nicht recht entsinnen, wie es zugegangen war. Es war ihm wieder ganz entschwunden.

Das einzige, was er von diesem Weihnachtsmorgen-Abenteuer noch wußte, war, daß, als die Mutter heimkam, die Puppe in seinen Armen gelegen und geschlafen hatte. Die Mutter hatte gleich gemerkt, daß die Puppe nicht mehr am Tische saß, und sie hatte sich ein bißchen mißtrauisch umgesehen, nach dem Kachelofen und der nächsten Kellerluke geguckt, aber schließlich hatte sie entdeckt, daß der Knabe den Matrosen mit ins Bett genommen hatte.

Und sie war sehr froh gewesen, als sie dies gemerkt hatte. Denn sie wußte nun, daß der Kleine einen Freund gefunden hatte, der ihm über viele einsame Stunden und viele Sorgen hinweghelfen würde.

Mit der Zeit entdeckte der Knabe immer mehr und mehr gute Eigenschaften an der Puppe. Er sagte ganz ernsthaft zur Mutter, wie um ein großes Unrecht gutzumachen, daß er, bevor er Laban hatte, gar nicht gewußt hatte, wozu Puppen gut seien. Er hatte geglaubt, sie seien nur für kleine Mädchen zu brauchen, die ihnen Kleider nähten und ihnen diese Kleider an- und wieder auszogen.

»Aber jetzt denkst du anders von ihnen?« fragte die Mutter und lächelte ihm zu.

Ja gewiß, jetzt begriff er, daß Kinder Puppen so liebhatten, weil sie sich verwandeln konnten.

Und verwandelt hatte sie sich wirklich, diese Puppe. Sie war ein König gewesen und hatte mit einer Krone auf dem Kopfe dagesessen, und sie war das kleine Mädchen des Droschkenkutschers gewesen und hatte mit piepsender Kinderstimme gesprochen. Sie hatte vor gar niemandem Respekt. Sie war Mutter selbst gewesen, wie sie da hinter ihrem Ladentisch stand und Apfel und Apfelsinen verkaufte, und sie war all die Frauen und Dienstmädchen gewesen, die in den Keller kamen, um einzukaufen.

Was hatten sie damals für gute Tage im Obstkeller gehabt, er und die Puppe! Sie hatten einen kleinen Schlupfwinkel ganz für sich allein, unter dem Ladentisch, an dem die Mutter stand und Obst und Gemüse verkaufte, ein eigenes kleines Stübchen mit zwei kleinen Schemeln, auf denen sie einander gegenübersaßen und im Flüsterton Gespräche führten, während man über ihren Köpfen kaufte und verkaufte. Der Knabe war früher wütend auf all die gewesen, die in den Kellerladen kamen und ihm seine Mutter wegnahmen. Aber jetzt waren sie ihm ganz willkommen, denn die Puppe verstand es, wie gesagt, sich in sie alle zu verwandeln. Sie ahmte ihre Stimme nach, und sie ging mit ihnen nach Hause und erzählte dann, was der Mann zu der Suppe gesagt hatte, die die Frau von den Kohlblättern und den Pastinaken aus Frau Hernquists Keller gekocht hatte.

Viele von denen, die im Laden aus und ein gingen, pflegten zu sagen, es wäre merkwürdig, zuzuhören, wie der Knabe die Puppe sprechen und antworten ließ. Daraus sah er, daß sie gar nichts von solchen Dingen verstanden, denn es war doch gewiß nicht er, sondern die Puppe, die sich das alles ausdachte. Er suchte wohl den Leuten begreiflich zu machen, wie es sich verhielt, aber nach einigen vergeblichen Versuchen merkte er, daß das ganz unmöglich war.

Die allerschönste der guten Eigenschaften der Puppe kam doch erst zutage, als er anfing, in die Schule zu gehen. Nach dem ersten Vormittag in der Schule war er recht mutlos nach Hause gekommen. Es war doch viel schwerer gewesen, die ersten Buchstaben zu lernen, als er sich vorgestellt hatte. Er hatte sich auf den Ladentisch zur Mutter gesetzt, damit sie ihm helfe, aber es war darum nicht besser gegangen.

»Willst du dich nicht zu Laban setzen und dir von ihm das Lesen beibringen lassen?« hatte die Mutter gefragt, aber der Knabe war unschlüssig gewesen, er konnte doch nicht glauben, daß Laban zum Schulmeister taugte.

»Ja, du kannst sicher sein, daß er dazu taugt«, sagte die Mutter. »Er war in all den Jahren, die ich in die Schule ging, mein Lehrer, und ich hatte immer die besten Zeugnisse. Man sprach sogar mit meinem Vater davon, mich Lehrerin werden zu lassen, so fix war ich.«

Als die Mutter dies gesagt hatte, kroch der Knabe unter den Ladentisch zu Laban, der dort auf seinem Schemel saß, und die Mutter gab ihnen ein kleines Kerzenstümpfchen, das sie zwischen sich stellen durften, damit sie die Buchstaben sahen.

»Lehre du ihn jetzt zuerst, dann lehrt er dich«, sagte die Mutter. Man hörte es, daß sie in der Sache zu Hause war.

An diesem Abend bekam der Knabe eine noch höhere Meinung von Laban als früher. Denn seht ihr, die Puppe lernte sofort die Buchstaben. Sie brauchte die Aufgabe nur ein einziges Mal zu hören, dann saß sie ihr so fest im Kopfe, daß man das Licht auslöschen konnte, und sie sagte die ganze Geschichte von vorne nach rückwärts und von rückwärts nach vorne her, ohne auch nur einen einzigen Fehler zu machen.

»Ja, dacht ich mir's nicht, daß Laban dir helfen würde«, sagte die Mutter. »Denke jetzt nur morgen in der Schule an ihn, dann wirst du schon die ganze Aufgabe können.«

Als der Knabe am nächsten Tag in die Schule kam, war er doch sehr ängstlich, weil er glaubte, daß Laban und nicht er die Buchstaben gelernt hatte. Aber als er antworten sollte, hielt er die Gedanken ganz fest auf Laban gerichtet. »So hätte er gesagt«, dachte er. Und er antwortete so gut, daß er von der Lehrerin gelobt wurde. Aber das machte ihm große Sorgen. Er wollte nicht dastehen und ein Lob ernten, das er nicht verdient hatte. Das wäre doch unrecht gegen die andern Kinder gewesen, die keine solche Puppe hatten wie er. Und schließlich sagte er auch der Lehrerin, wer es war, der die Aufgabe gelernt hatte. Er hatte erwartet, daß sie doch wenigstens verstehen würde, wie es sich mit dieser Puppe verhielt, aber sie lachte ihn nur aus, so daß er das nächste Mal nichts anderes tun konnte, als ihr Lob schweigend entgegenzunehmen.

Die gute Zeit für ihn und die Puppe, die dauerte eigentlich so lange, als er in die Volksschule ging. Immer war es die kluge Puppe, die arbeitete, und der Knabe hatte herrliche, freie Tage ohne alle Mühe und Plage. Nichts veränderte sich, außer daß er eines schönen Tages nicht mehr unter dem Ladentisch Platz fand, und da zogen Laban und er in einen Verschlag hinter dem Kellerladen. Da war ganz hoch oben in der Wand eine Luke, und darunter stellte die Mutter einen Tisch und einen alten Lehnstuhl, der so groß war, daß sie beide darin Platz fanden, er und die Puppe, und da saßen sie nun nebeneinander und lernten die Aufgaben.

Aber was der Kameradschaft ein Ende zu machen drohte, war, daß die Mutter beschloß, den Knaben ins Gymnasium zu schicken.

Seht ihr, man hatte ja schon lange, ja eigentlich seit der Weihnacht, da er die Puppe bekam, davon gesprochen, daß es etwas Merkwürdiges um diesen Knaben war. Die Leute, die mit ihm im Obstkeller plauderten, konnten nicht genug von den lustigen Antworten erzählen, die er ihnen gegeben hatte. Und die Lehrerin in der Volksschule, die konnte sich vor Staunen gar nicht fassen und erinnerte sich nicht, je ein so begabtes Kind gehabt zu haben. Und alle diese, die die große Begabung, die sich im Obstkeller verbarg, mit entdeckt hatten, lagen der Mutter unaufhörlich in den Ohren, den Sohn doch ins Gymnasium zu schicken.

Ihr ging es sehr gegen den Strich. Einerseits wollte sie aus ihrem Sohn kein Herrschaftskind machen, das sich ihr entfremdete, wenn es heranwuchs, und andererseits brauchte sie den Jungen sobald als möglich zur Hilfe im Geschäft. Aber sie wollte ja kein Unrecht gegen ihr eigenes Kind begehen, und da alle von den großen Anlagen sprachen, die erst in einer solchen höheren Lehranstalt zu ihrer rechten Entfaltung kommen konnten, entschloß sie sich endlich zu diesem Schritt.

Nun kann man sich denken, daß die Kameradschaft mit der Puppe nicht mehr so leicht war. Kaum war der Knabe in die erste Klasse gekommen, als die übrigen Schuljungen ihn damit aufzuziehen begannen. Er kämpfte viele Schlachten für sie aus. Und das ging ja an, solange er sie mit den Fäusten verteidigen konnte. Aber es sollten Angriffe kommen, die er nicht auf diese Art zurückschlagen konnte.

Dabei mußte man ja sagen, daß es ihm in der Schule vortrefflich ging. Und dieselbe wunderliche Art, seine Aufgaben zu lernen, hatte er noch beibehalten. Konnte er sich nur einbilden, daß es die Puppe war, die lernte, nicht er, kostete es ihm nicht die geringste Mühe, zu lernen, was es auch sein mochte.

Aber als er in die zweite Klasse kam, erzählte ihm die Mutter eines Tages, daß es Leute gäbe, die sagten, es könnte doch nie ein rechter Mann aus ihm werden, der noch als Zehnjähriger mit Puppen spielte. Andere Knaben pflegten sich nicht so zu benehmen.

Das waren Worte, die sich in sein Herz eingruben. Gegen die konnte er keinen gewappneten Widerstand anwenden. Er machte auch schon am selben Tag einen Versuch, sich der Puppe zu entledigen. Er trug sie auf den Dachboden, aber schon nach ein paar Stunden trug er sie wieder hinab. Er kam mit seinen Aufgaben nicht vom Fleck, wenn er die Puppe nicht neben sich hatte.

Und nun kamen zwei harte Jahre für ihn und die Puppe. Die Leute wollten sie nicht in Frieden lassen.

Ein so vielversprechender Junge, sagte man von ihm, es ist doch wirklich jammerschade, daß er diese lächerliche Gewohnheit hat, noch in seinem Alter mit Puppen zu spielen.

Und die Mutter, die hielt ihn beinahe für einen verlorenen Sohn – nur dieser Puppe wegen. Sie bekam auch mehr von all den Neckereien und Witzen über ihn und die Puppe zu hören als er selbst. Manchmal glaubte der Knabe, daß sie und ihre Bekannten es sich nicht so sehr zu Herzen genommen hätten, wenn er zu trinken oder zu rauchen angefangen hätte, denn das war doch eine Sache, die andere Knaben auch taten. Aber daß ein Junge, der schon zwölf Jahre alt war, seine Puppe behielt, so etwas hatte man noch nie gehört.

Als nun sein dreizehnter Geburtstag herankam, sagte er sich jedoch, daß nun die Grenze erreicht war. Jetzt mußte er die Puppe aufgeben, wenn er die Achtung der Menschen nicht ganz einbüßen wollte. Jetzt riefen ihm die gleichaltrigen Knaben zu, er solle doch lieber mit kleinen Mädeln spielen, er, der noch seine Puppe hatte, und die Mädchen, die steckten die Köpfe zusammen und kicherten, sobald sie ihn nur sahen.

Ja, die Puppe sollte also aus dem Hause, das war eine ausgemachte Sache. Aber da war noch etwas anderes, über das man nicht so leicht ins Klare kommen konnte. Nämlich die Frage, wohin die Puppe sich begeben sollte. Es hatte keinen Sinn, es noch einmal mit dem Boden zu probieren, denn er wußte schon im vorhinein, wie das ausgehen würde. Auch konnte er sich nicht entschließen, die Puppe irgendeinem Kind, das er kannte, zu schenken, denn er vermochte sich nicht in den Gedanken zu finden, daß irgend jemand seiner Bekannten sie, die ihm so lieb war, besitzen sollte.

Er wußte ja, was der beste Ausweg war, aber er mußte ein paar Tage mit sich kämpfen, bevor er sich dazu entschließen konnte. Die Puppe erhob keine Einwände, aber der Knabe war es, der sich nicht überwinden konnte, diesen äußersten Schritt zu tun.

Es sah aus, als sollte nichts aus der Trennung werden, und es wäre wohl auch nicht dazu gekommen, wenn die Puppe selbst sich nicht in die Sache gemischt hätte. Die machte eines Abends ein ganz beleidigtes Gesicht und ließ ihn wissen, daß sie ihm nach all den guten Jahren, die sie miteinander gehabt hatten, nicht zum Schaden gereichen wollte; und wenn der Knabe sich nicht entschließen konnte, sie ziehen zu lassen, so würde sie schon einen andern zu finden wissen, der ihr forthelfen wollte.

Da war der Junge nun auch beleidigt und versprach, daß er Ernst in der Sache machen würde. »Ich werde schon dafür sorgen, daß du irgendwohin kommst, von wo du nie zurückkommen kannst«, sagte er.

Am nächsten Tage stand er ganz früh auf, rollte die Puppe in ein großes Zeitungspapier und ging mit dem Paket unter dem Arm auf die Straße. Zuerst begab er sich zu einem Platz, wo man eben den Grund zu einem Hause sprengte, und da hob er einen großen Stein auf, den er in der Hand behielt. Dann lenkte er seine Schritte zu einem der großen Kanäle in der Nähe des Hafens.

Es war ein wunderbar schöner Morgen, in den er hinaustrat. Er erinnerte sich nicht, je etwas Ähnliches erlebt zu haben. Es war die mildeste Frühlingsluft, voll Duft und Würze, lichtes Grün auf den Bäumen und leichte Frühlingswölkchen am Himmel. Auch sah er eine Menschenschar nach der andern aus den Häusern kommen und zum Hafen hinuntergehen. Sie waren in Reisekleidung und hatten Eßkörbe, Plaids, Feldstecher und Tennisschläger mit. Sie wollten bei diesem herrlichen Frühlingswetter Ausflüge nach den Villen- und Badeorten machen.

Wie froh und glücklich sie alle miteinander zu sein schienen. Der Knabe wünschte, er wäre einer von ihnen gewesen.

Da glaubte er zu hören, wie der alte Freund, den er in dem Pakete hatte, ihm eine letzte Ermahnung gab: »Kümmere dich nicht um sie«, sagte er. »Du kannst sicher sein, daß sie auch ihre Sorgen haben, sie gerade so gut wie wir alle.«

»Da kannst du wohl recht haben«, sagte der Knabe, »aber ich glaube doch nicht, daß einer von ihnen es so schwer hat wie ich. Oder hältst du es für möglich, daß ein einziger von ihnen auf dem Wege ist, seinen besten Freund zu ertränken, so wie jetzt ich?«

Endlich waren sie am Ziel ihrer traurigen Wanderung angelangt, und der Knabe blieb auf dem Kai des Hafenkanals stehen. Da legte er die Puppe auf den Boden, wickelte sie aus der Umhüllung und begann, ihr eine Spagatschnur um den Hals zu knüpfen.

Im nächsten Augenblick sollte die Puppe also auf dem Kanalgrunde liegen, zwischen Leichen von jungen Hunden und Katzen, und das schmutzige, gelbgrüne Kanalwasser sollte über sie hinfließen. Das war also der Lohn, der ihr für all ihre Treue und alle ihre Dienste zuteil werden sollte.

Plötzlich hörte der Knabe auf, die Schnur zu knüpfen. Er schleuderte den mitgebrachten Stein in den Kanal, aber ohne die Puppe. »Nein, das ist unmöglich«, sagte er. »Das geht nicht. In so gräßlicher Weise kann ich mich deiner nicht entledigen, Laban.«

Er stand da und starrte recht ratlos vor sich hin. Mit den Blicken folgte er neuen Gruppen von Lustreisenden, die zum Meere hinunterwanderten.

Während er ihnen so nachsah, kam der Puppe plötzlich eine Idee. »Wir sind doch rechte Esel gewesen, du und ich, Fritz«, sagte sie, »daß uns etwas so Einfaches nicht früher eingefallen ist. Du hast wohl schon ganz vergessen, wie es im alten Griechenland zuging? Wenn sie ihre guten und edlen Mitbürger nicht im Lande behalten wollten, so fiel es ihnen doch nicht ein, sie zu töten, sondern sie sandten sie in die Verbannung.«

»Nein, was bist du doch für ein Meister, du Laban«, rief der Knabe. »Ich verstehe schon, was du meinst. Ja, in dieser Weise kann ich mich doch eher von dir trennen.«

Er fand den Gedanken so vortrefflich, daß er sich für den Augenblick fast über die Trennung getröstet fühlte. In aller Eile hüllte er die Puppe wieder in die Zeitung und ging hinter ein paar Reisenden her, die auf dem Wege zum Hafen waren. Es war eine ganze Familie: Mann, Frau und eine große Kinderschar.

»Vielleicht wird eines dieser Kinder Beschlag auf dich legen, Laban«, sagte er.

Im selben Augenblick sah er den Hafen, wo ein großes weißes Schiff dalag und seinen Dampf in die Luft stieße. Es hieß »Oskar Dickson«, und er wußte, daß es zwischen Gothenburg und Christiania hin und her fuhr und unterwegs an einer ganzen Menge von Orten anlegte.

Er eilte hinunter und sprang an Bord. Niemand hinderte ihn. Man glaubte, daß er einem der Passagiere noch ein Paket zu bringen hatte. Unten im Achtersalon nahm er die Puppe wieder aus der Zeitung und setzte sie auf eines der roten Plüschsofas. Er knipste noch ein paar Stäubchen von der Bluse und setzte die Mütze richtig auf.

»Wenn wir gewußt hätten, daß du eine so lange Reise antreten mußt, hätten wir schon dafür gesorgt, Mutter und ich, daß du etwas Neues zum Anziehen hast. Aber das ist ja einerlei. Du bist doch auf jeden Fall die allerbeste aller Puppen, die es in der Welt gibt. Und es kommt sicher bald jemand, der sich deiner annimmt. Glückliche Reise! Adieu! Adieu!«

Er wagte es nicht, den Abschied noch zu verlängern, sondern sprang auf das Verdeck. Er war gar nicht ängstlich, wie es der Puppe ergehen würde. Er zweifelte keinen Augenblick, daß, sobald eines der Kinder, die sich an Bord des Dampfschiffes befanden, die Puppe erblickte, es auch ihre guten und großen Eigenschaften entdecken und eine solche Liebe zu ihr fassen würde, daß es gar nicht anders konnte, als sie mit nach Hause zu nehmen.

Er glaubte triftigeren Grund zur Angst für sich selbst zu haben, denn es war sehr ungewiß, wie es ihm nun ergehen würde, wenn er diesen klugen Freund, der ihm raten und helfen konnte, nicht mehr hatte.

Kaum war er wieder auf festem Lande, als er sich nach der Puppe zu sehnen begann und bereute, daß er sie von sich gelassen hatte. Es wäre besser gewesen, alle Sticheleien zu ertragen, als einen solchen Schatz hinzugeben. Aber er kehrte doch nicht um, um die Puppe wiederzuholen. Ein so ängstliches Gefühl hatte man wohl immer, wenn jemand, den man liebhatte, fortreiste. In ein paar Stunden würde es sich schon geben.

Aber wie er so nach Hause ging, verfolgte ihn das Gefühl, daß er etwas Wertvolles und Großes hingegeben hatte, und das wollte nicht weichen, im Gegenteil, es wuchs und wurde zu einem heftigen Groll gegen all jene, die die Puppe nicht hatten in Frieden lassen wollen. Als er später am Vormittag in die Schule kam, bereitete es ihm eine Art von Genuß, zu fühlen, daß er so stumpf war, daß er keine einzige Frage richtig beantworten konnte. Ja, seht nur, wie es geht, dachte er. Hättet ihr mich nicht meine Puppe behalten lassen können?

Es war gewiß ein großes Unrecht, das man gegen ihn begangen hatte. Er konnte sich daheim ebensowenig zurechtfinden wie in der Schule. Den kleinen Verschlag, wo die Puppe und er sich so wohlgefühlt hatten, fand er jetzt so dunkel und armselig, daß er es darinnen nicht aushalten konnte. Er mußte seine Zuflucht zur Gasse nehmen, und da trieb er sich den ganzen Abend herum, ohne zu lernen oder zu rechnen. »Ja, seht nur«, sagte er wieder, »so wird es alle Tage gehen. Warum ließ man mich nicht den Gefährten behalten, der es mir zu Hause so schön machte?«

Die ganze Woche verging, ohne daß der Knabe in bessere Laune kam. Die Mutter tat, was sie konnte, um ihn aufzumuntern, aber mit geringem Erfolg. Gegen sie war er noch unfreundlicher als gegen die andern, denn er fand, daß wenigstens sie, die ihm doch selbst die Puppe gegeben hatte, auch ihre Partei hätte nehmen müssen und nicht zulassen durfte, daß er sich ihrer entledigte.

Er hatte die größte Lust, zum Hafen hinunterzugehen, aber er kämpfte mit aller Macht dagegen an und lenkte seine Schritte nie nach dieser Richtung. Die Puppe war ja dahin und verloren, das wußte er. Es wäre nur so gewesen, wie wenn man ein Messer in einer Wunde herumdreht, wenn er dort hinuntergegangen wäre und sich den »Oskar Dickson« und das leere Plüschsofa im Dampfschiffsalon angesehen hätte.

Gegen Ende der Woche hatte der Knabe wohl die ärgste Bitterkeit gegen die Mutter überwunden und sich wieder etwas freundlicher gegen sie gezeigt, so daß sie eines Nachmittags den Mut faßte, ihn zu bitten, zum Hafen hinunterzugehen und ihr ein paar Bund Spargel zu holen, die sie mit einem Schärenboot erwartete.

Der Knabe wurde zuerst rot und dann blaß, als sie ihn darum ersuchte. Zuerst wollte er ein schroffes Nein zur Antwort geben, aber dann stieg eine so starke Sehnsucht in ihm auf, wieder dort hinunterzukommen, daß er nicht dagegen ankämpfen konnte. Nun meinetwegen, dachte er, Mutter will es ja selbst. Er fühlte wohl, daß in ihm eine Hoffnung war, die nur auf die Gelegenheit lauerte, an Bord des Dampfschiffes zu kommen und nachzusehen, wie es dort stand. Aber er unterdrückte sie mit der unwiderleglichen Behauptung, daß eine solche Puppe wie Laban nicht so viele Tage ohne Besitzer hatte bleiben können. Es war nicht anders möglich, jemand hatte sie sich angeeignet.

Aber als er nun mit seinem Korb in der Hand zum Hafen hinunterkam, war das erste, was seinen Blicken begegnete, der Dampfer »Oskar Dickson«. Er schien soeben angekommen zu sein, denn der Landungssteg war gerade ausgelegt, und die Passagiere begannen ans Land zu strömen.

»Du bist doch das größte Rindvieh auf Gottes Erdboden«, sagte der Junge zu sich selbst. Aber in der nächsten Sekunde drängte er sich doch über den Landungssteg. »Es hat doch gar keinen Zweck, das weißt du doch«, sagte er wieder, aber er lief doch über das Verdeck, »nein, darin liegt doch nicht die geringste Vernunft«, fuhr er fort, während er die Treppe hinuntereilte und in den Salon guckte.

Aber es war wohl doch nicht so ganz ohne Vernunft, denn wer saß ganz oben in der Ecke des plüschbezogenen Sofas, wenn nicht seine eigene, heißgeliebte Puppe?

Der Knabe wollte seinen Augen nicht trauen. Konnte das wirklich sein eigener Laban sein, der da saß? Ja, er war es ja doch, das fühlte er schon daran, daß sein Herz einen heftigen Sprung machte und dann wieder auf seinen rechten Platz kam. Im selben Augenblick begriff er auch, warum ihm die ganze Zeit, die die Puppe fortgewesen war, so schrecklich zumute gewesen war. Das war das Herz, das nicht am rechten Fleck gewesen war. Aber jetzt mit einem Male, wie er nur die Puppe erblickt hatte, war alles wieder ganz gut.

Mit zwei Sätzen hatte der Knabe die Puppe erreicht. Er machte nicht viel Federlesens mit ihr, er stopfte sie nur in seinen Korb und knüllte sie zusammen, so daß er den Deckel zubrachte. Und dann ging es mit ihnen beiden heimwärts.

Auf dem ganzen Wege lachte er in sich hinein und trällerte, er konnte es nicht lassen. Ja, so war es wohl Menschen zumute, wenn sie sagten, daß sie glücklich wären, der Knabe hätte nie geglaubt, daß das so hübsch sein könnte.

Er freute sich sogar, daß er die Puppe ausgesetzt hatte, denn wenn er nicht die ganze Woche lang von ihr getrennt gewesen wäre, hätte er ja auch die große Freude des Wiedersehens nie kennengelernt.

Als er durch den Kellerladen ging, eilte er nicht stumm und mürrisch an den Kunden vorbei wie in letzter Zeit, sondern er stellte seinen Korb nieder, legte der dicksten Madam den Arm um den Leib und küßte sie.

Das war nur als eine kleine Freundlichkeit gemeint, und wenn auch die Dicke und die andern nach ihm schlugen, so nahmen sie es doch auch für nichts anderes. »Ja, jetzt ist er wieder guter Laune«, sagten sie. »Wir wußten ja, daß er nicht sein Leben lang wegen einer Fleckchenpuppe den Kopf hängen lassen würde.«

Der Knabe hielt sich nicht auf, um ihnen zu erklären, was ihn so verändert hatte. Er nahm den Korb in seinen Verschlag mit, packte die Puppe aus und setzte sie mit großer Feierlichkeit in dem Stuhl zurecht. Und zugleich nahm alles um ihn sein gutes, vertrautes Aussehen wieder an. Es war die Puppe, die all das Behagen und die Traulichkeit mitbrachte.

»Du machst dir wohl gar nichts daraus, wieder zu Hause zu sein, Laban?« sagte der Junge. »Du hattest es wohl auf dem Dampfschiff ebenso gut?«

Er plauderte in einem fort. Die Puppe mußte hören, wie elend er es gehabt hatte und wie schlecht es mit dem Lernen gegangen war. Von Zeit zu Zeit unterbrach er seine Klageweisen und neckte die Puppe, weil gar niemand Beschlag auf sie gelegt hatte.

Er wartete keine Antwort ab, sondern ging gleich zu etwas anderem über. »Weißt du was?« sagte er, »jetzt, wo ich dich wiederhabe, halte ich es nicht aus, so träge und dickschädlig zu sein, wie ich die ganze Woche war. Wir müssen uns jetzt ordentlich hineinlegen, damit ich die Kameraden einhole.«

Es kam ein solcher Arbeitseifer über ihn, daß er schon in der nächsten Minute mit dem Kopf über ein Buch gebeugt dasaß. Und das war wahrlich nur ein Vergnügen, jetzt, wo Laban neben ihm saß. »Erinnerst du dich an dies und an das?« fragte er die Puppe. »Kannst du mir dieses Problem lösen?« Und es ging alles wie im Spiel. Die Puppe durchschaute sofort die allerverwickeltsten Aufgaben. Das Ganze war eitel Lust und Freude.

Nach einiger Zeit konnte er sich das Vergnügen nicht versagen, die Puppe wieder ein bißchen zu necken.

»Denk mal, daß dich gar niemand haben wollte, Laban! Denke, daß du die ganze Woche allein in der Sofaecke sitzengeblieben bist! Das hättest du wohl nie gedacht?«

Während er so mit der Puppe scherzte, sah er etwas aus ihrer Bluse, aus dem Halsausschnitt, ragen. Er beugte sich vor und zog ein kleines, viereckiges Blättchen heraus. Es war eine Amateurphotographie, die ein kleines Mädchen mit blonden Locken, langen Wimpern und einem kleinen, kleinen Mündchen vorstellte.

»So, Laban, bist du ein solcher Spitzbub«, rief der Knabe. »Also diese kleine Schönheit hat dir auf dem Boot Gesellschaft geleistet. War sie ganz verliebt in dich, sag'? Hast du das von ihr bekommen, als sie ans Land ging, damit du sie nicht vergißt?«

Der Knabe glaubte zu merken, wie ein Lächeln über das ernste Gesicht der Puppe huschte. »Siehst du, ich hätte jetzt für immer von dir geschieden sein können, wenn ich gewollt hätte«, schien es zu sagen. »Aber ich bin treuer als du, ich bin zu dir und dem Kellerloch und den Aufgaben zurückgekehrt, trotz allem, was mich in die weite Welt hinausgelockt hat.«

Es war ein glücklicher Nachmittag, und ihm folgten viele glückliche Tage. Aber dann – ja, es mag genug sein, zu sagen, daß, als ein halbes Jahr vergangen war, sie sich wieder so ziemlich in derselben Lage befanden wie im Frühling. Die Leute hatten entdeckt, daß die Puppe zurückgekommen war, und gleich hatte man wieder angefangen, den Knaben auszulachen. Er merkte es, und er konnte es nicht ertragen. Er sah ein, daß er ja doch einmal gezwungen sein würde, sich von der Puppe zu trennen.

Niemand kann behaupten, daß er es leichten Herzens tat. Es kam ihm fast schwerer an als das erstemal, denn jetzt wußte er besser als damals, was er verlor, wenn er die Puppe fortschickte. Aber andrerseits war er jetzt älter, und er empfand es tiefer als früher, daß man ihn beinahe als einen rettungslos Entgleisten betrachtete.

Es mag genug sein, zu erzählen, daß der Knabe eines Nachmittags im Spätherbst die Puppe nahm und sich mit ihr in eine Straßenbahn setzte. Er fuhr ein Stück mit der Puppe, dann stand er mit gleichgültiger Miene auf und ließ sie im Wagen zurück, so, als hätte er sie vergessen.

Kaum war der Wagen weitergefahren, als derselbe Mißmut über ihn kam wie das frühere Mal, wo er die Puppe weggeschickt hatte. Er konnte sich nicht entschließen, nach Hause zu gehen, sondern trieb sich niedergeschlagen und verstimmt auf der Straße herum.

Nein, wie hatte er doch die Schule und die Schularbeit satt! Wenn er die Puppe nicht hatte, die alles zu einem Spiel machte, konnte er es gar nicht ertragen, an all diese Aufsätze und Probleme zu denken.

Er bummelte herum, bis es Zeit zum Schlafengehen war. Als er endlich heimkehrte und die Treppe hinunterging, die in den Keller führte, stolperte er über einen Gegenstand, der auf der obersten Treppenstufe lag, und wäre fast darübergefallen.

Im selben Augenblick, in dem er ihn mit dem Fuße berührte, wußte er auch schon, was es war, und ein Beben der Freude durcheilte ihn. Er bückte sich rasch und tastete mit den Händen. Ja, es war Laban.

»Es sieht aus, Laban, als wolltest du mich gar nicht verlassen«, sagte er, und die Stimme klang ärgerlich, aber eigentlich war er ganz selig, daß die Puppe zurückgekommen war.

Es nahm ihn nicht so sehr wunder, daß auch dieser Versuch mißlungen war. Es gab vielleicht nicht viele Leute in der Stadt, die so bekannt waren wie seine Puppe. Vermutlich hatte eine der Kunden seiner Mutter sie in der Straßenbahn erkannt und sie ihm heimgebracht.

Der Knabe stand auf der dunklen Treppe und fuhr mit der Hand über die Puppe, wie um sich zu vergewissern, daß sie sein eigener Laban war. Dabei merkte er, daß auf dem Rücken der Puppe ein Papier befestigt war.

»Was ist denn das?« sagte er. »Was ist denn das, was du mitgebracht hast? Letzthin kamst du mit einer Photographie, das hier ist wohl ein Liebesbrief?«

Der Junge sah durch die Glastüre des Ladens, daß die Mutter dort auf und ab ging, und es war ihm ein wenig peinlich, ihr zu zeigen, daß er noch einmal mit der Puppe nach Hause kam. Er wollte darum abwarten, bis sie in die Küche ging, so daß er unbemerkt zu sich hineinkommen konnte, und inzwischen löste er das Papier ab und lief zu einer Gaslaterne, um zu sehen, ob etwas darauf geschrieben stand.

Ja, allerdings. Da stand fürs erste sein eigener Name und darunter ein kleines Verschen:

Hör', mein Büblein, diesen Spruch,
Gucke fleißig stets ins Buch,
Laß von Knaben, welche saufen,
Fluchen, spielen und auch raufen,

Nie und nimmer dich verlocken,
Sondern bleib bei deiner Docken.

Nun, er war ja nur ein Kind, und als er den alten Fibelvers in dieser Weise verwandelt und gegen sich gerichtet las, nahm er das nicht als den unschuldigen Spaß, der es im Grunde war, sondern er betrachtete es als eine sehr große Beleidigung. Er wurde ganz starr vor Wut, daß man es wagte, ihn in dieser Weise zu hänseln.

Jetzt dachte er gar nicht mehr daran, die Puppe mit nach Hause zu tragen. Er mußte sie gleich fortschicken, im selben Augenblick, und diesmal wollte er es so tun, daß sie nie wiederkehrte.

Es blieb ihm nicht viel Wahl, und es dauerte auch nicht lange, so war er auf dem Wege zur Eisenbahn. Als er den Perron betrat, stand gerade ein Zug zur Abfahrt bereit, und ehe er sich noch ganz Rechenschaft gegeben, was er tat, hatte er die Puppe in ein Coupé gesetzt und sie in die weite Welt hinausgeschickt, er wußte selbst nicht, wohin.

Und diesmal schien die Puppe wirklich verschwunden zu sein. Eine Woche nach der andern verging, ohne daß der Knabe etwas von ihr wußte. Und so allmählich hörte er beinahe auf, sich nach ihr zu sehnen. Sie wurde aus seinen Gedanken entführt, wie so vieles andere.

Es ist ja mit Kindern oft so, daß sie irgendeinen Sündenbock suchen, dem sie die Schuld für all das Mißgeschick aufbürden können, das sie trifft. Und was den Knaben betrifft, so war er noch so sehr Kind, daß er, als es ihm jetzt in der Schule so schlecht zu gehen anfing und er in keiner Weise mit den Kameraden Schritt halten konnte, sich damit entschuldigte, daß er seine Puppe verloren hatte.

Er war jetzt nicht träge und fahrlässig. Er war vielmehr bestrebt, sich obenzuhalten, aber er konnte sich nicht verhehlen, wie rettungslos er zurückging.

Die Lehrer schüttelten den Kopf, wenn sie seine Aufsätze durchsahen und fragten, ob er krank sei oder ob er viel gestört würde, wenn er zu arbeiten hatte. Dem Knaben konnten bei diesen wohlwollenden Fragen die Tränen in die Augen kommen. Er hätte gerne geantwortet, daß alles nur daher kam, daß man ihn seine Puppe nicht hatte behalten lassen. Aber er biß die Zähne aufeinander und schwieg.

Der Klassenvorstand ging zur Mutter, um mit ihr über den Knaben zu sprechen, der gar nicht mehr imstande war, in der Schule mitzukommen. Er konnte nicht begreifen, was in den Jungen gefahren war, er war doch früher der Erste in der Klasse gewesen. Vielleicht wäre es angezeigt, ihn eine Zeitlang aussetzen zu lassen.

Und dann fragte die Mutter ihn selbst, was ihm denn fehle, und ob er gerne für ein paar Wochen Ferien haben wolle, um sich auszuruhen. »Das nützt nichts«, sagte der Knabe. »Mir wird es in der Schule nie mehr gut gehen, und wenn ich mich noch so lange ausruhe.« Und als er das gesagt hatte, lief er zur Türe hinaus, weil er fühlte, daß er in Tränen ausbrechen mußte.

Ein paar Tage später geschah etwas, das ihn mehr belebte als noch so lange Ruhe. Er las nämlich in einer Zeitung von einer großen Puppe, die die Eisenbahner einander zum Spaß hin und her schickten.

Vom ersten Augenblick an war er überzeugt, daß das niemand andres sein konnte als Laban, von dem da die Rede war. Was war das doch für eine Puppe! Wo immer sie sich zeigte, wurde es lustig und fröhlich um sie.

Sicherlich erinnern sich viele hier im Lande heute noch an den lustigen Spaß mit der reisenden Puppe.

Man kann sich denken, daß die Sache so angefangen hatte, daß irgendein lustiger Stationsbeamter, der in einem Coupé eine einsam dasitzende Puppe fand, sie mit auf die Station nahm, ein Verslein auf einen Zettel schrieb und sie mit dem Poem an der Brust in eine andere Station schickte. Um den Spaß noch besser zu machen, hatte er an einen Kollegen in dem neuen Bestimmungsort ein Telegramm abgesandt:

»Herr Laban kommt mit dem Schnellzug. Bitte ihn gut zu empfangen.«

Herr Laban! Wer war Herr Laban! Das gab ein Staunen auf der Station, wo er erwartet wurde. Der Stationsinspektor, der Buchhalter und der Bagageverwalter standen auf dem Perron, um ihn zu empfangen. Als der Zug kam, bemühte sich alles, herauszubekommen, welcher der Reisenden Herr Laban sein konnte. Aber da man nicht klug daraus wurde, mußte man den Kondukteur fragen.

»Es soll doch ein Herr Laban mit dem Zug ankommen? Wo steckt er denn? Wir sollen ihn doch empfangen.«

»Herr Laban«, sagte der Kondukteur, »ach so, er soll hier aussteigen? Ja, er fährt erster Klasse. Ich will gleich gehen und es ihm sagen.«

Und gleich darauf erschien er mit der großen Fleckchenpuppe in den Armen. Man kann sich denken, mit welchem Jubel sie aufgenommen wurde.

Dann fand jemand, daß das ein viel zu guter Spaß war, um ihn nicht weiterzuspinnen. Die Puppe wurde also mit neuen Versen ausgerüstet, die neben den alten befestigt wurden, und dann bekam sie ein Cachenez, damit sie noch reisemäßiger aussah. Hierauf wurde sie wieder in den Zug gesetzt, und man telegraphierte an die nächste Station, um ihre Ankunft anzukündigen.

Da wiederholte sich die Geschichte. Aber da nun die Puppe bald ganz mit Papierzetteln bedeckt war, kam jemand auf den Einfall, sie mit einer Reisetasche zu versehen, wo sie ihre Aktenstücke verwahren konnte.

Auf diese Weise fuhr die Puppe rings um das Land, von Station zu Station. Die Telegramme, die sie ankündigten, wurden immer pompöser, und sie wurde immer feierlicher empfangen, je weiter sie herumkam. Die guten Leute in den Stationen konnten sich gar nicht genug tun. Sie reiste auch gerade in der Weihnachtszeit, wo alle freigebig und erfinderisch sind, und bald hatte es mit der Tasche und den schönen Versen nicht mehr sein Bewenden, sondern sie bekam so allmählich eine ganze Ausrüstung. Schließlich hatte sie einen Ulster und einen Nachtsack, eine Brieftasche und ein Portemonnaie. In den Taschen hatte sie Zigaretten und Zündhölzchen, Sacktuch, Federmesser, Taschenkamm, Bürsten, Tüten mit Pralinees und Karamels. Sie hatte eine eigene Reisedecke, um sie über die Knie zu breiten, wenn sie sich auf dem Sofa ausstrecken wollte, und eine besondere Reisemütze, die sie nur trug, wenn sie im Zug saß.

Man kann sich denken, daß dieser Spaß, als er eine Zeitlang gedauert hatte, auch in den Zeitungen besprochen wurde, und so erfuhr das große Publikum von diesem Weihnachtsscherz der Eisenbahner. Und da kriegte das große Publikum auch Lust, mitzuspielen. Und es kam so weit, daß, wenn ein Telegramm, daß Herr Laban kommen sollte, an einem Ort eintraf, große Volksmassen sich an der Station einfanden, um ihn zu empfangen, sich die wunderbare Reiseausstattung anzusehen oder die Verse zu lesen.

Einige davon wurden auch in der Zeitung abgedruckt, und durch eines dieser Verslein gelangte der Knabe zur vollen Gewißheit, daß es seine Puppe war, die so großen Ruhm erlangt hatte.

Der Vers lautete so:

Ich bin ein armer Laban, ich esse niemals Brot,
Ich kann nicht gehn, ich kann nicht stehn, doch leid ich keine
    Not.
Denn in der schönen Eisenbahn, da fahr ich Tag für Tag
Ich bin bald hier, ich bin bald dort,
Man hat mich lieb an jedem Ort.
Mit niemand tauschen mag.

Ja, das hatte der Knabe vom ersten Augenblick an gewußt. Es war seine Puppe. Darüber konnte ja kein Zweifel sein. Es konnte ja auch kaum noch eine Puppe auf der Welt geben, die Laban hieß. Und übrigens hätte sich auch keine andere Puppe einen solchen Spaß ausdenken können. Die Eisenbahner glaubten vielleicht, daß einer von ihnen den Einfall gehabt hätte, sie hin- und herzuschicken, aber der Knabe wußte es besser. Alles, von Anfang bis zu Ende, war die eigene Erfindung der Puppe. Denn so war sie. Jetzt mußten die Leute doch einsehen, wie bitter es für ihn gewesen war, sich von ihr zu trennen.

Er konnte sich nicht genug wundern, daß niemand die Eisenbahner wegen der Puppe auslachte. Im Gegenteil, alle schienen ihnen dankbar zu sein, weil sie sich diesen Spaß gemacht hatten, der das ganze Land amüsierte. Es sah aus, als wären alle Menschen freundlicher gegen diese Leute gestimmt, die sie sonst nur mit ernsten Amtsmienen sahen, weil sie jetzt zeigten, daß sie so wie alle andern einen kleinen Scherz liebten. Das hätte man ihnen gar nicht zugetraut.

Nein, dieses Mal hatte die Puppe nur das eine Pech, zuviel Glück zu haben. Es wurde soviel über sie in den Zeitungen geschrieben, und es gab ein solches Gedränge in den Stationen. Da kriegten die neuen Gönner den ganzen Rummel satt. Es hatten sich soviel Unberufene in das Spiel gemischt, daß es ihnen gar keinen Spaß mehr machte.

Solange der Knabe jeden Tag von der Puppe las und hörte, hatte er förmlich aufgelebt und war wieder der alte geworden. Aber dann wurde es still um sie, und damit versank er wieder in seine frühere Apathie.

Im Frühling las er einmal eine Notiz über seinen alten Freund. Darin wurde erzählt, daß die große Puppe, Eisenbahnlaban genannt, die zu Weihnachten soviel Aufmerksamkeit erregt hatte, jetzt von den großen Kindern, die mit ihr gespielt hatten, völlig vergessen war. Sie lag jetzt in einem Gütermagazin der hiesigen Eisenbahnstation, ihrer ganzen Ausrüstung beraubt.

Der Knabe wurde sehr nachdenklich, als er dies las. Die Puppe war also in seiner Nähe, und er konnte sie wieder haben. Aber er schob die Zeitung von sich weg. Nein, nein, er wollte nicht. Er wußte, wie es enden würde, und er wollte nicht noch einmal dasselbe durchmachen.

Als er am nächsten Tag um die Mittagszeit von der Schule heimkam, nickte ihm die Mutter mit einer vielsagenden Miene zu, als er an ihrem Ladentisch vorbeikam. So sah sie immer aus, wenn es ihr geglückt war, ihm etwas zu verschaffen, von dem sie wußte, daß er sich darüber freuen würde.

Als er in seinen Verschlag kam, saß Laban im Lehnstuhl. Die Mutter hatte also auch in der Zeitung von der Puppe gelesen, und sie war zum Bahnhof gegangen, um sie ihm zu holen. Sie hatte schließlich doch eingesehen, wie notwendig diese Puppe für ihn war.

Aber nun geschah das Merkwürdige, daß, als der Knabe die Puppe, nach der er sich den ganzen Winter gesehnt hatte, da im Lehnstuhl auf ihrem gewohnten Platz sitzen sah, ihn eine Wut packte, die er nicht beherrschen konnte.

»Wie kannst du dich unterstehen, noch einmal zurückzukommen?« rief er der Puppe zu. »Du weißt doch, daß ich dich nicht behalten kann! Glaubst du, ich will all das, was ich um deinetwillen gelitten habe, zum vierten Male durchmachen?«

Denn was half es, daß die Mutter jetzt endlich begriff, welche Macht die Puppe hatte? All die andern, all die Nachbarn im Viertel, alle Kinder und alle Erwachsenen, alle Lehrer und Schulkameraden hatten die Puppe noch nicht verstehen gelernt und würden es auch nie.

Er packte die Puppe am Nacken wie eine junge Katze, und ohne sich darum zu kümmern, daß die Mutter mit dem Mittagessen auf ihn wartete, stürzte er mit ihr davon.

Nach einer Stunde kehrte er zurück. Und diesmal fühlte er eine wunderliche Ruhe. Jetzt wußte er, daß er den rechten Ausweg gefunden hatte. Jetzt würde die Puppe ihm nie mehr unter die Augen kommen.

Jetzt hatte er sie dahin gesandt, wo sie bleiben würde. Es war schade, daß ihm das nicht vorher eingefallen war. Er hätte dann früher Ruhe gehabt, hätte nicht soviel mit ihr durchmachen müssen.

»Was hast du denn mit der Puppe angefangen?« fragte die Mutter, als er heimkam.

»Ich habe sie dahin geschickt, von wo sie nie zurückkommen wird«, sagte der Knabe, »wer sie jetzt nimmt, der kann sie auch behalten.«

»So«, sagte die Mutter.

Mehr sagte sie nicht, sie sah nur erstaunt den Sohn an, aber der fuhr mit großem Freimut fort: »Und jetzt, Mutter, will ich aufhören, ins Gymnasium zu gehen. Es hat gar keinen Zweck, wenn ich hingehe. Ich konnte ja den Freund nicht behalten, der mir geholfen hätte, etwas Besonderes zu werden, und da habe ich ja dort nichts zu suchen.«

»Was willst du denn anfangen?«

»Ich will dir im Geschäft helfen.«

Die Mutter sah ein bißchen unsicher aus: »Du kannst doch schließlich nicht wissen, ob die Puppe nicht noch einmal zurückkommt«, sagte sie.

»Nein, Mutter«, sagte der Knabe, »jetzt werden wir sie nie mehr wiedersehen. Das fühle ich.«

»Aber was hast du denn mit ihr angefangen?« fragte die Mutter.

»Ich habe sie an Bord des großen Auswandererschiffes gesetzt, das heute im Hafen liegt«, sagte der Knabe.

»Ja dann«, sagte die Mutter, und war sofort ebenso überzeugt wie er, daß nun alles aus war. Nun konnte die Puppe nie mehr wiederkommen. »Ja, wenn du sie nach Amerika geschickt hast, dann kannst du morgigen Tags im Laden anfangen«, sagte sie. »Jetzt sehen wir sie nie wieder.«

»Nein, jetzt kommt sie wohl in ein Land, wo man seine Puppen behalten darf«, sagte der Knabe.

Auf diese Art kam der Knabe in das praktische Leben. Jetzt ist er ein erwachsener Mann und trauert nicht mehr um die Puppe. Aber er erzählt gerne von ihr.

Einmal hatte er das Glück, unter seinen Zuhörern einen Gelehrten zu haben, einen Archäologen, und dieser interessierte sich sehr für die Geschichte.

»Wissen Sie was«, sagte er. »All dem liegt schon etwas zugrunde. Die Puppe, ist sie nicht die Begleiterin der Menschheit von ihrer frühesten Kindheit an? Wer weiß, wieviel wir ihr zu verdanken haben?« Und der gelehrte Mann begann eine Auseinandersetzung über die Puppe als diejenige, deren Aufgabe es gewesen war, die ungeahnten Anlagen des unzivilisierten Menschen auszulösen. War nicht im selben Augenblick, in dem die erste Puppe aus einem Lehmklumpen oder vielleicht aus etwas zusammengerolltem Gras geformt wurde, die Phantasie geboren worden und mit ihr das Spiel, die Dichtung, die schönen Künste? Das

Beste, was wir besitzen, das, worauf wir am stolzesten sind, ist es nicht die Fähigkeit des Schaffens, und wer hat diese Fähigkeit in so hohem Grade entwickelt wie die Puppe? Man würde es schon einmal sehen, wenn erst ihre Geschichte geschrieben würde. Sie hat im Leben so mancher unserer großen Männer eine Rolle gespielt.

Ein andermal hörte ein junger Schriftsteller den Mann. Der geriet geradezu in Zorn und überschüttete ihn mit Vorwürfen: »Sie Unglücksmensch, was haben Sie getan? Eine solche Puppe über den Atlantischen Ozean zu schicken? Begreifen Sie denn nicht, welchen königlichen Gast Sie da in Ihrem Kellerloch hatten? Spott, Verleumdung, was ist das dagegen, das Göttergeschenk der Phantasie verkörpert unter seinem Dach zu haben? Warum ließen Sie sie nicht wenigstens mir oder einem meinesgleichen? Aber sie zu diesen Amerikanern zu schicken, das ist verbrecherisch, das ist eine vaterlandsfeindliche Handlung! Sollen sie uns denn alles nehmen! Unter allen Emigranten, die über das Weltmeer gefahren sind, können wir Ihre Puppe am allerwenigsten entbehren.«

Bei einer andern Gelegenheit, als der Mann seine Geschichte einigen gewöhnlichen ungelehrten Leuten erzählte, rief einer unter ihnen:

»Ich möchte doch wissen, wie es der Puppe drüben ergangen ist und ob sie noch immer so vortrefflich ist. Sie sollten eine Annonce in eine dortige Zeitung geben und fragen, ob sie nicht jemand gesehen hat. Wenn sie noch so ist, muß sie sich doch bemerkbar gemacht haben.«

Es ist aber nicht so leicht, diese Sache in einer Annonce darzustellen, wendete man sogleich ein.

»Nein, wenn Sie wirklich wissen wollen, wie die Puppe sich drüben bewährt hat, dann ist der einzige Ausweg, die ganze wunderbare Geschichte in die Zeitung zu geben«, sagte der dritte.

»Die ganze Geschichte!« rief ein vierter. »Wozu sollte das gut sein?«

»Nein, was hat die Geschichte einer armen Fleckchenpuppe in der Zeitung zu suchen?« sagte ein anderer.

Ja, darauf ist nicht so leicht eine Antwort zu finden, aber nun ist sie mal drinnen, und nun wollen wir sehen, was daraus werden kann!

Die Mausefalle

1

Es war einmal ein Mann, der herumzog und kleine Mausefallen aus Stahldraht verkaufte. Er verfertigte sie selbst in seinen Musestunden, und das Material erbettelte er sich in Kramläden oder in den größeren Bauernhöfen, so daß die Herstellungskosten so gering als möglich waren. Aber dessenungeachtet war das Geschäft wohl nicht besonders einträglich, und er mußte es bisweilen mit Betteln und Stibitzen probieren, um nur sein Leben zu fristen. Auch das wollte nicht recht reichen. Die Kleider hingen ihm immer in Fetzen vom Leibe, die Wangen waren eingefallen, und der Hunger leuchtete ihm aus den Augen.

Niemand kann sich vorstellen, wie öde und einförmig das Leben eines solchen Wandersmanns zu verlaufen pflegt, aber manchmal passierte ihm doch das eine oder andere Abenteuer, das sein Dasein ein wenig erhellte. So erblickte er, als er eines dunklen Abends unterwegs war, eine kleine graue Hütte, die dicht am Wegesrand lag, und klopfte an, um Nachtherberge zu erbitten. Die wurde ihm auch nicht verweigert. Ja, anstatt der saueren Mienen, die ihn sonst zu begrüßen pflegten, wenn er in eine Stube kam, schien der Eigentümer, der ein freundlicher alter Mann ohne Weib und Kind war, sehr erfreut, daß jemand ihm in seiner Einsamkeit Gesellschaft leisten wollte. Vor allem einmal stellte er den Breitopf auf das Feuer und bot ihm ein Abendbrot. Dann schnitt er von einer Tabaksrolle so viel herunter, daß es zum Stopfen der Pfeife des Fremden und seiner eigenen langte, und schließlich nahm er ein altes Kartenspiel hervor und spielte mit dem Gast bis zur Schlafenszeit Sechsundsechzig.

So freigebig er mit Grütze und Tabak gewesen war, war er auch mit seinem Vertrauen. Noch bevor das Wasser im Kessel aufkochte, hatte der Gast schon erfahren, was für ein Mann er war und wie es ihm erging. In den Tagen seiner Kraft war er Tagelöhner auf dem Gute Ramsjö gewesen. Jetzt, wo er nicht mehr arbeiten konnte, war es seine Kuh, die ihn ernährte. Mitten im Spiel legte er mehrmals die Karten weg, um von dieser Kuh zu erzählen, die so maßlos viel Milch gab. Er brachte sie jeden Tag in die Meierei, und vorigen Monat hatte er ganze dreißig Kronen dafür eingeheimst.

Der fremde Mann mußte wohl ein mißtrauisches Gesicht gemacht haben, als er dies hörte, denn der Alte sprang gleich auf, ging zum Fenster und nahm einen Lederbeutel herunter, der an einem Nagel am Fensterkreuz hing. Er kramte drei zerknitterte Zehnkronenscheine heraus, hielt sie dem Gast vor die Augen, nickte bedeutsam und steckte sie wieder in den Beutel.

Am nächsten Tage standen die beiden Männer frühzeitig auf. Der Kätner hatte es eilig, seine Kuh zu melken und die Milch in die Meierei zu tragen, und der andere fand wohl nicht, daß es sich so recht schickte, liegenzubleiben, wenn sein Gastgeber aufgestanden war. Sie verließen also gleichzeitig das Häuschen. Der Kätner sperrte die Tür zu und steckte den Schlüssel in die Tasche. Der Mann mit der Mausefalle sagte dank schön und behüt Gott, und damit wanderte jeder nach einer anderen Seite von dannen.

Aber als eine halbe Stunde vergangen war, stand der zerlumpte Hausierer wieder vor dem Häuschen. Er versuchte nicht hineinzukommen. Er ging nur zum Fenster, zerklopfte eine der Scheiben, steckte die Hand hinein und erfaßte den Beutel mit dem Geld. Dann nahm er die drei Zehner heraus und steckte sie zu sich. Hierauf hängte er den Lederbeutel fein säuberlich an seinen Platz zurück und verschwand in den Wald.

Als der Mausefallenhändler mit dem Geld in der Tasche weiterwanderte, fühlte er nicht die gewohnte Genugtuung über einen gelungenen Streich. »Das ist doch ein Hundeleben«, seufzte er, »pfui Teufel, stehlen müssen, um nur am Leben zu bleiben. Es macht mir eigentlich nichts aus, den Bauern und den Herrschaften etwas zu stibitzen, aber wenn's über einen hergeht, der beinah ein ebenso armer Schlucker ist wie unsereins selbst, da kriegt man einen ganz bitteren Geschmack im Mund.«

Das Unbehagen, das er empfand, wurde noch durch den Gedanken verstärkt, daß er jetzt eine Zeitlang die große Heerstraße vermeiden und sich auf einsamen Seitenwegen durch die Wälder schleichen mußte, bis er in einen anderen Teil des Landes kam.

»Ja, ja, so geht's, wenn eins immer nur ans tägliche Brot denken muß«, murmelte er. »Hätte der Kerl nicht soviel Verstand haben können, sein Geld einzustecken, wenn er von daheim weggeht! Ich hab' ja nichts gegen ihn gehabt, er ist besser zu mir gewesen als irgendwer anderer, aber wenn er mir das Geld gerad in den Weg wirft, so muß ich's ja nehmen.«

Er hatte im Laufe des Tages noch mehr als einmal Anlaß, so zu klagen, denn es war ein großer, irrsamer Wald, in den er da gekommen war. Freilich versuchte er die ganze Zeit eine bestimmte Richtung einzuhalten, aber die Pfade schlängelten sich hin und her. Er hatte beinahe das Gefühl, daß er sich immer nur rings im Kreise drehte und überhaupt nicht vom Fleck kam.

Er ging und ging den ganzen Tag, ohne daß der Wald sich lichtete. Spät im Dezember, wie es nun war, wurde es schon gegen fünf Uhr dunkel, und nun begann eine Wanderung in der Finsternis über Stock und Stein, Sumpf und Morast, die wirklich schauerlich zu nennen war. Der Mann hielt sich, solange er konnte, aufrecht, aber schließlich sank er auf den Waldboden nieder, ganz aufgelöst von Müdigkeit.

Aber im selben Augenblick, in dem er den Kopf auf die Erde bettete, hörte er ein Geräusch. Ein hartes, regelmäßiges Pochen. Da war kein Zweifel möglich. Er setzte sich auf. »Das ist ein Eisenhammer«, sagte er. »Hier müssen Leute in der Nähe sein.«

Mit dem Aufgebot seiner letzten Kräfte erhob er sich und begann dem Laut nach weiterzuwanken.

2

Das Eisenwerk Ramsjö, das nun so ziemlich aufgelassen ist, stand dazumal in voller Blüte, mit Schmelzöfen, Walzwerk und Gießerei. Schwere Prahme und Jollen drängten sich zur Sommerszeit auf dem vorbeigleitenden Kanal, und im Winter waren die Straßen weit im Umkreis schwarz von dem Kohlenstaub, der aus den beständig dahingleitenden Kohlenfuhren herabrieselte.

In einer der langen dunklen Nächte gerade vor Weihnachten saßen der Schmiedemeister und sein Gehilfe in der schwarzen Schmelzschmiede und warteten darauf, daß das Eisen, das in der Esse erhitzt wurde, weißglühend genug war, um auf den Amboß gelegt zu werden. Von Zeit zu Zeit stand einer von ihnen auf, um Kohlen in den Ofenrachen zu schaufeln, oder um mit einem langen Eisenspieß in die glühende Masse zu stoßen, und kam dann nach einigen Augenblicken schweißbedeckt zurück, obwohl er nach hergebrachtem Brauch nichts anderes anhatte, als ein langes Hemd und ein Paar Holzpantinen.

Die ganze Zeit war die Schmiede von Geräuschen erfüllt. Der große Blasebalg knackte, die brennenden Kohlen knisterten. Der Kohlenjunge, der unaufhörlich Kohlen hereinbrachte, die er in die Kohlengrube schleuderte, hatte ein knirschendes Rad an seinem Karren.

Vor den Mauern donnerte der Wildbach, und ein barscher Nordwind schleuderte prasselnde Regenschauer gegen die Ziegel des Schmiededaches.

So war es nicht zu verwundern, daß die Männer erst merkten, daß ein Wanderer die Türe geöffnet hatte und in die Schmiede gekommen war, als er dicht vor ihnen stand.

Aber sicherlich war es für sie nichts Ungewohntes, daß arme Landstreicher, die kein besseres Nachtquartier gefunden hatten, von dem Lichtschein angelockt wurden, der sich durch die geschwärzten Scheiben hinausstahl, und in die Schmiede kamen, um die Wärme des Herdes zu genießen und sich für ein paar Stunden der Ruhe auf dem mit Kleinkohle bedeckten Erdboden auszustrecken. Sie warfen dem Neuangekommenen nur einen gleichgültigen Blick zu. Ja, ja, das war wieder einer von der üblichen Sorte, langbärtig, abgerissen und schmutzig, mit Schuhen, die sich von den Füßen trennen und den weiteren Dienst versagen wollten.

Auch wandten sie weiter kein Mitleid an ihn. Wenn ein Mann, der nicht mehr als vierzig zu sein scheint und dazu groß und gut gebaut ist, sich durchbettelt, anstatt seine Hände zur Arbeit zu gebrauchen, so geschieht ihm schon ganz recht. Keiner von ihnen dankte für den Gruß des Mannes, und auf seine Frage, ob es erlaubt sei, ein bißchen zu bleiben und sich zu wärmen, erwiderte der Schmiedemeister nur mit dem allerherablassendsten Blick.

Es half nicht viel, daß der Wandersmann das Bündel Mausefallen, die über seiner linken Schulter hingen, höher auf die breite Brust hinaufschob, so, als rückte er einen Ordensstern zurecht. Nein, die Schmiede wollten sich durchaus nicht einreden lassen, daß er etwas anderes als ein gewöhnlicher Bettler war, und ließen sich nicht herab, ihm ein Wort zu schenken.

Der Mausefallenhändler verhielt sich ebenfalls still. Worauf es ihm ankam, war ja nicht, zu schwatzen, sondern in der Schmiede zu bleiben und sich zu wärmen.

Aber damals wurde das Werk Ramsjö von einem prächtigen Besitzer geleitet, der keinen höheren Ehrgeiz hatte, als wirklich gutes Eisen auf den Markt zu bringen, und Tag und Nacht darüber wachte, daß die Arbeit in dem Werk auf die beste Weise verrichtet wurde. Und der kam gerade jetzt auf einer seiner gewöhnlichen Nachtrunden in die Schmiede.

Das erste, was er sah, war natürlich der hochgewachsene Landstreicher, der sich so nahe dem Ofen niedergehockt hatte, daß der Dampf von seinen durchnäßten Lumpen aufstieg.

Und er warf ihm nicht nur einen gleichgültigen Blick zu wie die Schmiede, sondern ging dicht an ihn heran und betrachtete ihn prüfend. Und plötzlich riß er ihm den Schlapphut vom Kopfe, um ihm besser in die Augen sehen zu können.

»Aber das bist du ja selbst, Niels Olof«, rief er. »Wie du aussiehst!«

Der mit den Mausefallen hatte den Gutsherrn von Ramsjö nie im Leben gesehen und wußte nicht einmal, wie er hieß. Aber er sagte sich sofort, daß, wenn dieser feine Herr ihn für einen alten Bekannten hielt, er ihm vielleicht ein paar Kronen schenken würde, und darum wollte er ihn nicht gleich wieder aus seinem Irrtum reißen.

»Ja, mit mir ist's bergab gegangen, weiß Gott«, sagte er.

»Du hättest eben nie deinen Abschied vom Regiment nehmen sollen«, sagte der Gutsherr. »Das war der ganze Fehler. Wenn ich nur noch aktiv gewesen wäre, hätte das nie geschehen dürfen. Aber jetzt kommst du natürlich mit zu mir nach Hause?«

Aber mit in den Herrenhof zu kommen und dort als alter Regimentskamerad des Besitzers empfangen zu werden, das war nicht so recht nach dem Geschmack des Mausefallenhändlers.

»Aber nein, aber nein«, sagte er und sah gewaltig erschrocken drein. »Das geht keinesfalls –«

Als der andere sah, daß er sich so zierte, begann er hellauf zu lachen.

»Du darfst nicht glauben, daß es bei mir daheim so hochherrlich zugeht, daß du dich da nicht zeigen kannst«, sagte er. »Elisabeth ist tot, das hast du vielleicht gehört, die Jungens sind im Ausland, und so hausen nur ich und meine älteste Tochter auf dem Herrenhof. Wir haben uns gerade darüber beklagt, daß wir in den Feiertagen so ganz allein sein werden. Komm jetzt, dann wird wenigstens den Weihnachtsspeisen mehr Ehre angetan werden!«

Aber der Fremde blieb bei seinem nein, nein, nein, und als der Gutsherr in ihn drang, schien er drauf und dran, die Flucht ergreifen zu wollen. Da sah der Gutsherr, daß da nichts zu machen war.

»Mir scheint, Rittmeister von Stahle will heute nacht lieber bei dir bleiben, Stjärnström, als zu mir kommen«, sagte er zum Schmiedemeister, »da mußt du ihm schon Nachtlogis geben.«

Damit ging er, leise lachend, seiner Wege, und die Schmiede, die ihn gut kannten, wußten wohl, daß er noch nicht sein letztes Wort gesprochen hatte.

Es dauerte auch nicht mehr als eine halbe Stunde, als sie das Rollen von Wagenrädern hörten und ein neuer Gast zur Türe hereinkam. Aber diesmal war es nicht der Hüttenherr selbst, der kam, sondern er hatte seine Tochter geschickt, offenbar in der Erwartung, daß ihre Überredungskunst größer sein würde. Sie kam herein, von einem Bedienten gefolgt, der einen großen Herrenpelz trug. Sie war durchaus nicht schön zu nennen, sie sah unansehnlich und scheu aus, und ihr Blick war ernst und schwermütig.

In der Schmiede sah es ungefähr so aus wie zuvor. Der Schmiedemeister und der Gehilfe saßen noch auf ihrer Bank, und im Ofen knisterte und brannte es. Der Fremde hatte sich auf dem Boden ausgestreckt. Er lag da, einen Eisenklumpen unter dem Kopf, den Hut über dem Gesicht.

Sowie die Gutsbesitzerstochter ihn erblickt hatte, ging sie auf ihn zu und hob den Hut von seinem Gesicht. Der Mann war wohl einer von jenen, die es gewohnt sind, nur mit einem Auge zu schlafen, er war augenblicklich wach und stand sofort vor ihr.

»Ich heiße Edla Willmanson«, sagte das junge Mädchen. »Mein Vater sagte, daß der Herr Rittmeister heute nacht hier in der Schmiede schlafen will, und da bat ich ihn, herfahren und den Herrn Rittmeister mit zu uns nach Hause bringen zu dürfen. Es tut mir so leid, daß der Herr Rittmeister es so schwer hat. Mein Vater sagte, daß der Herr Rittmeister das Regiment wegen Gewissensskrupeln verlassen hat.«

Sie heftete ihren tiefen Blick mit mitleidiger Bewunderung auf ihn. Und der zerlumpte Kerl dachte bei sich selbst, daß, wenn die seinen Herrschaften sich soviel Mühe machten, damit er zu ihnen käme, es wohl undankbar von ihm wäre, sich weiter zu spreizen. Es konnte ja ganz schön sein, einmal im Leben in einem Herrschaftsbett zu schlafen.

»Das hätte ich mir aber doch nie gedacht, daß das gnädige Fräulein selbst sich die Mühe machen wird, meiner wegen bei der Nacht in die Schmiede zu kommen«, sagte er, »ja, dann geh' ich halt doch mit.«

Damit nahm er den Pelz, den ihm der Bediente mit einer tiefen Verbeugung reicht, warf ihn über seine Lumpen, und ohne den erstaunten Männern in der Schmiede auch nur einen Blick zu gönnen, ging er an der Seite des jungen Mädchens zum Wagen hinaus.

3

Der nächste Tag war der Heilige Abend. Und als Hüttenherr Willmanson zum Frühstück in den Speisesaal kam, dachte er mit erwartungsvoller Freude an den alten Regimentskameraden, der ihm so recht gelegen und passend in den Weg gekommen war.

»Jetzt soll er sich zuerst ordentlich bei uns anessen«, sagte er zu seiner Tochter, die irgend etwas auf dem Speisetisch ordnete, »dann will ich schon dafür sorgen, daß er eine bessere Beschäftigung findet, als im Lande herumzuziehen und Mausefallen zu verkaufen.«

»Es ist doch merkwürdig, wie rasch es mit ihm bergab gegangen ist«, sagte die Tochter. »Gestern erinnerte aber auch gar nichts an ihm daran, daß er ein gebildeter Mann ist.«

»Warte nur, mein Kind«, sagte der Vater. »Wenn er nur erst ordentlich herausgeputzt ist, wirst du schon anders sprechen. Gestern war er befangen, verstehst du? Die Vagabundenmanieren fallen mit den Vagabundenkleidern.«

Gerade als der Hausherr dies sagte, ging die Türe auf, und der ehemalige Mausefallenhändler kam herein. Ja, das war sicher. Herausgeputzt war er. Der Bediente hatte ihm die Haare geschnitten, ihn rasiert und gebadet, er war so rein, daß er förmlich blinkte. Außerdem trug er ganze Schuhe und Strümpfe, ein weißes Hemd mit einem gestärkten Kragen und einen hübschen Sakkoanzug, den der Gutsherr von Ramsjö ihm geliehen hatte.

Aber obgleich er so fein herausstaffiert war, schien der Hausherr nicht recht zufrieden. Er betrachtete seinen Gast mit zusammengezogenen Augenbrauen.

Denn man muß bedenken, als er den fremden Mann in dem flackernden Feuerschein der Schmiede erblickte, hatte er ihn freilich leicht verwechseln können, aber nun er ihn rein gewaschen und rasiert bei vollem Tageslicht vor sich sah, gab es keine Möglichkeit mehr, ihn für einen alten Bekannten zu halten.

»Was soll das heißen?« brüllte er ihn an.

Der andere machte keinen Versuch, sich zu verstellen. Er begriff sofort, daß die Herrlichkeit jetzt ein Ende hatte.

»Ja, gnädiger Herr, da kann ich nix dafür«, sagte er. »Ich hab' mich nie für was anderes ausgegeben als für einen armen Kesselflicker, und ich hab' gebeten und gebettelt, daß man mich in der Schmiede lassen soll. Und es ist ja weiter kein Unglück passiert, ich zieh halt meine alten Lumpen wieder an und mach' mich auf den Weg.«

»Nun ja«, sagte der Hüttenherr etwas gedehnt, »aber ein ehrliches Vorgehen war das doch nicht, das mußt du doch einsehen. Und vielleicht hätte der Dorfrichter auch noch ein Wörtchen in die Sache dreinzureden.«

Der Landstreicher kam nun ein paar Schritte näher heran und schlug mit der Faust auf eine Stuhllehne.

»Ich werd' dem gnädigen Herrn sagen, wie die Geschichte ist«, sagte er. »Die ganze Welt ist nix anderes als eine große Mausfalle. All das Gute, was man einem gibt, das sind nur so Speckschwarten und Käsebrocken, hingelegt, um einen armen Teufel ins Verderben zu bringen. Und wenn jetzt der Dorfrichter kommen und mich auch noch ins Loch sperren soll, dann soll der gnädige Herr lieber dran denken: es kann ein Tag kommen, wo er selber Lust auf so ein schönes Speckstückel kriegt und sich in der großen Mausfalle fängt.«

Der Gutsherr lachte.

»Weißt du was, du Schlingel. Das war gar nicht so übel gesagt. Wir wollen den Dorfrichter am Weihnachtsabend vielleicht lieber in Ruhe lassen. Aber schau jetzt, daß du weiterkommst!«

Doch als der Mann sich zur Türe wandte, ergriff die junge Gutsbesitzerstochter das Wort: »Ich finde, er sollte heute bei uns bleiben«, sagte sie. »Ich will nicht, daß er geht.« Und damit trat sie vor und stellte sich dem Landstreicher in den Weg.

»Was um Himmels willen fällt dir ein?« fragte der Vater.

Die Tochter stand mit ganz roten Wangen da und wußte nicht recht, was sie sagen sollte. Seht, morgens hatte sie sich so schön ausgemalt, wie sie es so recht gut und weihnachtlich für den armen verhungerten, verwilderten Menschen, der zum Heiligen Abend zu ihnen gekommen war, einrichten wollte. Sie konnte sich nicht so plötzlich von diesen Gedanken losreißen, und so hatte sie gebeten, daß der arme Landstreicher bei ihnen bleiben dürfe, damit sie doch das Fest für irgend jemanden feiern konnte.

»Ich denke an diesen Wandersmann«, sagte das junge Mädchen. »Er geht und geht das ganze liebe Jahr, und sicher gibt es auf der ganzen

Erde kein Fleckchen, das er sein nennen, keinen Ort, an dem er willkommen ist und in Frieden ruhen kann. Gehetzt und vertrieben wird
er wohl überall, wo er hinkommt. Immer hat er Angst, eingefangen
und seiner Freiheit beraubt zu werden. Ich wünschte, er fände doch
hier bei uns einen Tag des Friedens. Einen einzigen im ganzen Jahr.«

Gutsbesitzer Willmanson murmelte etwas in seinen Bart. Er konnte
sich nicht recht aufraffen, der Tochter entgegenzutreten.

»Es mag ja sein, daß das Ganze ein Irrtum war«, sagte das junge
Mädchen, »aber jedenfalls finde ich, wir können den nicht fortweisen,
den wir zu uns gebeten und dem wir eine Weihnachtsfreude versprochen haben.«

»Du predigst ja ärger als ein Pfaff«, sagte der Gutsherr. »Nun ja, ich
will nur hoffen, daß du das, was du tust, nicht zu bereuen hast.«

Da nahm die Gutsbesitzerstochter den fremden Mann bei der Hand
und führte ihn zum Eßtisch.

»Setz dich nun nieder und iß mit uns«, sagte sie, denn sie merkte
ja, daß der Widerstand des Vaters gebrochen war.

Der Mausefallenhändler hatte die ganze Zeit über kein Wort gesagt,
und auch jetzt verhielt er sich still. Aber er sah das junge Mädchen,
das sich so für ihn eingesetzt hatte, nur immer an. Was sie für ihn getan,
war etwas so Wunderbares, daß es ihn ganz verstummen ließ.

Dann verging dieser Weihnachtsabend auf Ramsjö ungefähr ebenso
wie alle anderen Weihnachtsabende. Man hatte nicht viel Mühe mit
dem fremden Gast, denn er tat eigentlich nichts anderes als schlafen.
Den ganzen Vormittag lag er auf dem Sofa des Fremdenzimmers und
schlief in einer Tour. Um die Mittagszeit wurde er geweckt, damit er
von all den Weihnachtsspeisen mitessen konnte, aber dann schlief er
weiter. Es war, als hätte er seit Jahr und Tag keinen guten und erquicken-
den Schlummer gefunden, bis er nun hierher gekommen war.

Am Nachmittag, als der Christbaum angezündet wurde, weckte man
ihn abermals, und da stand er nun ein Weilchen und sah blinzelnd in
die Weihnachtskerzen, und als die Weihnachtspolka gespielt wurde,
tanzte er eine Runde herum. Aber die Augen fielen ihm dabei zu, und
er verschwand wiederum. Einige Stunden später wurde er noch einmal
gestört. Er sollte in den Speisesaal herunterkommen und Fisch und
Grütze mit ihnen essen.

Doch kaum war man vom Tisch aufgestanden, ging er von einem
zum andern, gab die Hand und sagte danke und gute Nacht.

Als er zu dem jungen Mädchen kam, sagte sie ihm, ihr Vater wünsche, daß er die Kleider, die er anhatte, als Weihnachtsgeschenk betrachte. Er brauchte sie nicht zurückzugeben. Und wenn er am nächsten Weihnachtsabend in ein Haus kommen wollte, wo er sich in Frieden ausruhen und sicher sein konnte, daß ihm nichts Böses widerfuhr, so möge er zu ihnen kommen.

Der Mann erwiderte nichts darauf. Er sah die Gutsbesitzerstochter nur mit derselben unermeßlichen Verwunderung und Bestürzung an.

Am nächsten Morgen standen Hüttenherr Willmanson und seine Tochter schon in aller Frühe auf, um zur Weihnachtsmette zu fahren. Ihr Gast schlief noch immer, und man ließ ihn schlafen. Es wäre unbarmherzig gewesen, ihn zu stören.

Als sie gegen zehn Uhr zurückkamen, ließ das junge Mädchen den Kopf noch tiefer hängen als gewöhnlich. Sie hatte in der Kirche gehört, daß einer der früheren Taglöhner des Guts von einem Kerl bestohlen worden war, der herumging und Mausefallen verkaufte.

»Ja, das ist ja ein netter Geselle, den du da ins Haus gebracht hast«, sagte der Vater. »Ich möchte wissen, wie viele silberne Löffel jetzt noch in unserem Büfett liegen.«

Kaum war der Wagen vor der Freitreppe stehengeblieben, als der Gutsherr sich beeilte, den Bedienten zu fragen, ob der Fremde noch im Hause sei, und er fügte hinzu, sie hätten in der Kirche gehört, daß er ein Dieb sei. Der Bediente erwiderte, der Mann sei fort, aber er habe nichts mitgenommen. Vielmehr habe er ein kleines Päckchen zurückgelassen, das das gnädige Fräulein die Güte haben möge, einem alten Mann zu senden, der einmal Taglöhner auf dem Gute gewesen war und jetzt auf der anderen Seite des Waldes an der großen Landstraße lebte.

»Er bat, das gnädige Fräulein sollte das Päckchen zuerst öffnen«, sagte der Bediente.

Das junge Mädchen riß den Umschlag auf und stieß einen kleinen Freudenschrei aus. Sie hatte eine kleine Mausefalle gefunden, in der drei zusammengerollte Zehnkronenscheine lagen.

»Da siehst du, Papa«, sagte sie. »Er ist allerdings in die Falle geraten, aber diesmal ist es ihm doch gelungen, wieder herauszukrabbeln.«

Die Legende des Luziatags

Vor vielen hundert Jahren lebte im südlichen Teil von Värmland eine reiche geizige alte Frau, die Frau Rangela geheißen wurde. Sie hatte eine Burg – oder vielleicht sollte man richtiger sagen, einen befestigten Hof – an der schmalen Mündung einer Bucht, die der Vänersee tief ins Land schnitt, und über diese Mündung hatte sie eine Brücke gebaut, die so aufgezogen werden konnte, wie die Zugbrücke über einen Burggraben. Hier an der Brücke hielt Frau Rangela eine starke Wache von Knechten, und vor den Wegfahrenden, die sich bequemten, das Brückengeld zu entrichten, das sie verlangte, ließ die Wache alsogleich die Brücke herab, aber für die anderen hingegen, die sich ihrer Armut wegen oder aus irgendeinem anderen Grunde weigerten zu bezahlen, blieb sie hochgezogen, und da es keine Fähre gab, blieb diesen nichts anderes übrig, als einen Umweg von mehreren Meilen zu machen, um die Bucht zu umgehen.

Frau Rangelas Beginnen, auf diese Weise Steuern von den Wegfahrenden einzuheben, erregte viel Unmut, und vermutlich hätten die trotzigen Bauern, die sie zu Nachbarn hatte, sie schon längst gezwungen, ihnen freien Durchlaß zu gewähren, hätte sie nicht einen mächtigen Freund und Beschützer in Herrn Eskil auf Börtsholm gehabt, dessen Ländereien an Frau Rangelas Grund und Boden grenzten. Dieser Herr Eskil, der eine wirkliche Burg mit Mauern und Türmen bewohnte, der so reich war, daß sein gesamter Grundbesitz einen ganzen Sprengel ausmachte, der, von sechzig gewappneten Dienern gefolgt, durchs Land ritt, und obendrein ein wohlgelittener Ratgeber des Königs war, der war nicht nur ein guter Freund Frau Rangelas, sondern es war ihr auch gelungen, ihn zu ihrem Eidam zu machen, und unter sotanen Umständen war es nur natürlich, daß niemand es wagte, die geizige Frau in ihrem Tun und Lassen zu stören.

Jahr für Jahr setzte Frau Rangela unangefochten ihr Treiben fort, als ein Ereignis eintrat, das ihr recht große Unruhe bereitete. Ihre arme Tochter starb ganz unvermutet, und Frau Rangela sagte sich, daß ein Mann wie Herr Eskil mit acht minderjährigen Kindern und einem Hofstaat, der dem eines Königs zu vergleichen war, wohl bald eine neue Ehe eingehen würde, namentlich da er noch durchaus nicht so alt war. Aber wenn die neue Frau etwa Frau Rangela feindselig gesinnt war, konnte dies ihr sehr schädlich werden. Es war für sie fast noch notwendiger, mit der Frau auf Börtsholm auf gutem Fuße zu stehen als mit ihrem Manne. Denn Herr Eskil, der viele große Dinge zu vollbringen hatte, befand sich stets auf Reisen, und unterdessen oblag es seiner Gattin, im Hause und in der Umgegend zu schalten und zu walten.

Frau Rangela erwog die Sache reiflich, und als das Begräbnis vorüber war, ritt sie eines Tages nach Börtsholm hinüber und suchte Herrn Eskil in seinem Gemach auf. Da leitete sie das Gespräch damit ein, daß sie ihn an seine acht Kinder erinnerte und an die Pflege, deren sie bedurften, an seine zahllose Dienerschar, die beaufsichtigt, verköstigt und gekleidet werden mußte, an seine großen Gastmähler, zu denen er nicht zögerte, Könige und Königssöhne einzuladen, an den großen Ertrag seiner Herden, seiner Acker, seiner Jagdreviere, seiner Bienenkörbe, seiner Hopfenpflanzungen, seiner Fischereien, der im Haupthause verwertet und bearbeitet werden mußte, kurzum an alles, was seine Frau zu verwalten gehabt hatte, und rief auf diese Weise ein recht beängstigendes Bild der großen Schwierigkeiten hervor, denen er nach ihrem Hinscheiden entgegenging.

Herr Eskil hörte mit der Ehrerbietung zu, die man einer Schwiegermutter schuldig ist, aber auch mit einem gewissen Bangen. Er fürchtete, all dies hätte zu bedeuten, daß Frau Rangela sich erbötig machen wollte, seine Hausvorsteherin auf Börtsholm zu werden, und er mußte sich sagen, daß diese alte Frau mit ihrem Doppelkinn und ihrer Hakennase, ihrer groben Stimme und ihrem bäurischen Gehaben keine erfreuliche Gesellschaft in seinem Hause sein würde.

»Lieber Herr Eskil«, fuhr Frau Rangela fort, die sich möglicherweise der Wirkung ihrer Rede nicht unbewußt war. »Ich weiß, daß sich Euch nun Gelegenheit zu den allervorteilhaftesten Heiraten bietet, aber ich weiß auch, daß Ihr reich genug seid, mehr auf die Wohlfahrt Eurer Kinder zu sehen als auf Brautschatz und Erbe, und darum möchte ich Euch vorschlagen, eine der jungen Basen meiner Tochter zu ihrer Nachfolgerin zu wählen.«

Herrn Eskils Antlitz erhellte sich sichtlich, als er hörte, daß es eine junge Anverwandte war, die seine Schwiegermutter befürwortete, und diese fuhr mit gesteigerter Zuversicht fort, ihn zu überreden, sich mit ihres Bruders Sten Folkessons Tochter Luzia zu vermählen, die diesen Winter, am Luzia-Tage, ihr achtzehntes Jahr vollendete. Sie war bisher bei den frommen Frauen im Kloster Riseberga erzogen und daselbst nicht nur zu guten Sitten und strenger Gottesfurcht angehalten worden, sondern sie hatte auch in dem großen Klosterhaushalt gelernt, einem herrschaftlichen Hause vorzustehen. »Wenn ihr nicht Jugend und Armut hinderlich sind«, sagte Frau Rangela, »solltet Ihr sie wählen. Ich weiß, daß meine dahingegangene Tochter ihr leichten Herzens die Pflege ihrer Kinder anvertraut hätte. Sie braucht nicht aus dem Grabe zu ihren Kleinen zurückzukehren wie Frau Dyrit auf Örehus, wenn Ihr ihnen ihre Base zur Stiefmutter gebt.«

Herr Eskil, der niemals Zeit hatte, an seine eigenen Angelegenheiten zu denken, empfand große Dankbarkeit gegen Frau Rangela, die ihm eine so passende Heirat vorschlug. Er erbat sich freilich ein paar Wochen Bedenkzeit, aber schon am zweiten Tage gab er Frau Rangela Vollmacht, für ihn zu unterhandeln. Und sobald es in Hinsicht der Ausrüstung, der Hochzeitsvorbereitungen und des Anstandes tunlich war, wurde die Hochzeit gefeiert, so daß die junge Frau ihren Einzug in Börtsholm zeitig im Vorfrühling hielt, einige Monate nachdem sie ihr achtzehntes Lebensjahr vollendet hatte.

Wenn Frau Rangela bedachte, welche Dankbarkeit diese ihre Bruderstochter ihr schuldig war, weil sie sie zur Frau auf einer so reichen und stattlichen Burg gemacht, kann man wohl sagen, daß sie größere Zuversicht empfand, als da noch ihre eigene Tochter da regierte. In ihrer Freude erhöhte sie die Abgaben an der Brücke noch um einiges und verbot es den Nachbarn strenge, den Wanderern im Boot über den Sund zu helfen, damit nur ja niemand sich der Steuer entzog.

Da geschah es nun an einem schönen Frühlingstag, als Frau Luzia einige Monate auf Börtsholm gewohnt hatte, daß ein Zug kranker Pilger, die auf dem Wege zur heiligen Dreifaltigkeitsquelle im Dorfe Sätra in Westmanland waren, über die Brücke gelassen zu werden verlangten. Diese Menschen, die ausgezogen waren, um ihre Gesundheit wiederzugewinnen, waren es gewohnt, daß die am Wege Wohnenden ihre Wanderung in jeder Weise erleichterten, und es widerfuhr ihnen weit öfter, daß sie Geld erhielten, als daß sie solches auszugeben brauchten.

Frau Rangelas Brückenwächter hatten jedoch strengen Befehl, keinerlei Nachsicht zu zeigen, am allerwenigsten gegen diese Art von Wanderern, die sie im Verdacht hatte, nicht so krank zu sein, als sie sich stellten, und aus reiner Faulheit im Lande herumzuziehen.

Als den Kranken nun die freie Überfahrt verweigert wurde, erhob sich unter ihnen ein Jammern sondergleichen. Die Lahmen und Verkrüppelten wiesen auf ihre verkrümmten Glieder und fragten, wie jemand so hartherzig sein könne, ihre Wanderschaft um einen ganzen Tagesmarsch zu verlängern, die Blinden fielen auf dem Wege auf die Knie und suchten sich zu den Brückenwächtern hinzutasten, um ihnen die Hände zu küssen, während einige der Verwandten und Freunde der Kranken, die ihnen unterwegs beistanden, ihre Taschen und Beutel vor den Augen der Wächter umkehrten, um zu zeigen, daß sie wirklich leer waren.

Aber die Knechte standen ganz ungerührt da, und die Verzweiflung der Armen kannte keine Grenzen, als zu ihrem Glück die Schloßfrau von Börtsholm in Gesellschaft ihrer Stiefkinder über die Bucht gerudert kam. Als sie den Lärm hörte, eilte sie herbei, und sowie sie erfahren hatte, um was es sich handelte, rief sie: »Nichts leichter, als dieser Sache abzuhelfen. Die Kinder gehen hier ein wenig ans Land und besuchen ihre Großmutter, Frau Rangela, und mittlerweile werde ich diese bresthaften Wanderer in meinem Boot über den Sund bringen.«

Die Wächter sowohl wie die Kinder, die wußten, daß mit Frau Rangela nicht zu spaßen war, wenn es sich um ihr teures Brückengeld handelte, suchten die junge Frau durch Mienen und Zeichen zu warnen, aber sie merkte nichts oder wollte vielleicht nichts merken. Denn diese junge Frau war in allem das Gegenteil ihrer Muhme, Frau Rangela. Schon seit ihrer frühesten Kindheit hatte sie die heiligkeitsgekrönte sizilianische Jungfrau Luzia, die ihre Schutzpatronin war, geliebt und verehrt, und sie getreulich in ihrem Herzen getragen als ihr Vorbild. Dafür hatte die Heilige ihr ganzes Wesen mit Licht und Wärme durchdrungen; dies zeigte sich schon in ihrem Äußeren, das von schimmernder Durchsichtigkeit und Feinheit war, so daß man beinahe Angst hatte, daran zu rühren.

Unter vielen freundlichen Worten führte sie nun die Kranken über den Sund, und als der Letzte der Schar an dem ersehnten Ufer gelandet war, verließ sie sie, so überschüttet von Segenswünschen, daß, wenn derlei Gut so schwerwiegend wäre, als es wertvoll ist, ihr Nachen auf den Grund gegangen wäre, ehe sie ihn noch über den Sund führen konnte.

Segnungen und gute Wünsche taten ihr auch sehr not, denn von Stund an begann ihre Muhme, Frau Rangela, zu befürchten, daß sie von ihrer Brudertochter keine Unterstützung erwarten konnte, und sie bereute bitterlich, daß sie sie zu Herrn Eskils Gemahl gemacht. Sie, die mit solcher Leichtigkeit die arme Jungfrau erhöht hatte, faßte den Entschluß, sie, ehe sie noch weiteren Schaden stiften konnte, aus ihrer hohen Stellung herabzureißen und sie in ihre frühere Unbemerktheit zurückzuversetzen.

Um ihrer Bruderstochter leichter etwas anhaben zu können, verbarg sie jedoch bis aus weiteres ihre bösen Absichten und besuchte sie recht oft in Börtsholm. Da tat sie ihr Bestes, solchen Unfrieden zwischen den Hausgenossen und der jungen Schloßfrau zu stiften, daß diese ihres Amtes vielleicht müde wurde. Aber zu ihrer großen Verwunderung mißlang ihr dies vollständig. Dies mochte zum Teil daher kommen, daß Frau Luzia es ungeachtet ihrer Jugend verstand, ihr Haus in trefflicher Ordnung zu halten, aber der eigentliche Grund war wohl der, daß Kinder wie Diener zu merken glaubten, daß die neue Hausfrau unter einer mächtigen himmlischen Schutzmacht stand, die ihre Widersacher strafte und all jenen, die ihr willig und gut dienten, unerwartete Vorteile verschaffte.

Frau Rangela merkte bald, daß sie hier nichts erreichen konnte, aber sie wollte die Hoffnung nicht aufgeben, bevor sie nicht auch einen Versuch mit Herrn Eskil gemacht hatte. Der weilte jedoch diesen Sommer meistens am Königshof, von langen und schwierigen Unterhandlungen festgehalten. Kam er einmal für ein paar Tage heim, so widmete er seine Zeit hauptsächlich den Vögten und Jägern. Den weiblichen Bewohnern von Börtsholm schenkte er nur zerstreute Aufmerksamkeit, und auch wenn Frau Rangela auf Besuch kam, hielt er sich fern, so daß es ihr niemals gelang, ihn unter vier Augen zu sprechen.

An einem schönen Sommertag, als Herr Eskil sich auf Börtsholm befand und gerade in seiner Stube im Gespräch mit seinem Stallvogt saß, widerhallte die Burg von so überlauten Schreien, daß er sein Gespräch mit dem Vogte unterbrach und hinauseilte, um zu sehen, was es gäbe.

Da fand er, daß seine Schwiegermutter, Frau Rangela, vor dem Burgtor zu Pferde saß und ärger kreischte als eine Horneule.

»Ach, Eure armen Kinder, Herr Eskil!« rief sie. »Sie sind in Seenot geraten. Sie kamen heute morgens an mein Ufer gerudert, aber auf dem Heimweg muß sich ihr Boot mit Wasser gefüllt haben. Ich sah von daheim, wie schlimm es ihnen erging und bin schnurstracks hergeritten, um zu warnen. Ich sage auch, wenn schon Eure Frau meine eigene

Bruderstochter ist, es war schlecht von ihr, die Kinder allein in einem so morschen Boot fortzulassen. Das sieht in Wahrheit nach einem Stiefmutterstreich aus.«

Herr Eskil verschaffte sich mit einigen raschen Fragen Kenntnis, in welcher Richtung die Kinder sich befanden, und eilte dann, vom Vogte gefolgt, zur Bootstelle hinunter. Aber sie waren noch nicht weit gekommen, als sie Frau Luzia mit der ganzen Kinderschar den steilen Pfad heraufkommen sahen, der vom See nach Börtsholm führte.

Die junge Burgfrau hatte die Kinder diesmal nicht auf ihrer Fahrt begleitet, sondern war daheim ihren Verrichtungen nachgegangen. Aber es war so, als hätte sie eine Warnung der mächtigen himmlischen Helferin erhalten, die über sie wachte, denn ganz plötzlich hatte sie die Burg verlassen, um nach ihnen zu suchen. Da hatte sie gesehen, wie sie durch Winken und Schreien Hilfe vom Ufer herbeizurufen suchten, sie war in ihrem eigenen Boot zu ihnen hinausgeeilt, und es war ihr im letzten Augenblick gelungen, sie aus dem sinkenden Fahrzeug in das ihre hinüberzuretten.

Als nun Frau Luzia und ihre Stiefkinder den Strandweg hinaufwanderten, war sie so darein vertieft, die Kinder auszufragen, wie sie in eine so arge Lage geraten waren, und diese so eifrig zu erzählen, daß sie gar nicht sahen, daß Herr Eskil ihnen entgegenkam. Aber er, der durch Frau Rangelas Worte von einem Stiefmutterstreich etwas nachdenklich geworden war, gab rasch seinem Vogt einen Wink und stellte sich mit ihm hinter einen der Heckenrosensträucher, die groß und üppig, fast den ganzen Strandhügel bedeckten, auf dem Börtsholm gelegen war.

Da hörte Herr Eskil, wie die Kinder Frau Luzia auseinandersetzten, daß sie in einem guten Boote von daheim fortgefahren seien, aber indes sie bei Frau Rangela zu Gaste waren, war ihr Fahrzeug mit einem alten schlechten vertauscht worden. Sie hatten den Tausch erst bemerkt, als sie schon weit draußen auf dem See waren und das Wasser bereits von allen Seiten hereinzuströmen begann, und sicherlich wären sie umgekommen, wenn ihre liebe Frau Mutter ihnen nicht so schleunig zu Hilfe gekommen wäre.

Es sah aus, als dämmerte Frau Luzia eine Ahnung auf, wie es sich in Wahrheit mit dieser Vertauschung der Boote verhielt, denn sie blieb totenbleich mitten auf dem Abhang stehen, mit tränenvollen Augen, die Hände ans Herz gedrückt. Die Kinder drängten sich um sie, um sie zu trösten. Sie sagten ihr, daß sie ja der Gefahr heil entronnen waren, aber sie blieb kraftlos und regungslos.

Da legten die zwei ältesten der Stiefkinder, ein paar kräftige junge Knaben von vierzehn und fünfzehn Jahren, ihre Hände zu einer kleinen Bahre zusammen und trugen sie so die Anhöhe hinauf, während die jüngeren, lachend und in die Hände klatschend, nachfolgten.

Während die kleine Schar so zwischen blühenden Rosen im Triumph nach Börtsholm hinanzog, stand Herr Eskil recht versonnen da und blickte Weib und Kindern nach. Die junge Frau wahr ihm sehr hold und seltsam strahlend erschienen, als sie an ihm vorbeigetragen ward, und vielleicht wünschte er, daß Alter und Würde ihm gestattet hätten, sie in seine Arme zu nehmen und sie in seine Burg zu tragen.

Vielleicht auch, daß Herr Eskil in diesem Augenblick bedachte, wie wenig Glück und wieviel Mühsal er im Dienste der hohen Herrschaften hatte, während vielleicht Friede und Freude seiner hier am eigenen Herde harrte. Diesen ganzen Tag schloß er sich wenigstens nicht in seine Kammer ein, sondern verbrachte die Zeit damit, mit seiner Gemahlin zu plaudern und den Spielen der Kinder zuzusehen.

Frau Rangela hingegen sah all dies mit großem Mißbehagen und beeilte sich, Börtsholm so rasch zu verlassen, als es anstandshalber ging. Aber da niemand sie ernsthaft zu bezichtigen wagte, das Leben ihrer Enkelkinder aufs Spiel gesetzt zu haben, um Frau Luzia die Ungnade ihres Herrn und Gebieters zuzuziehen, so wurde der freundschaftliche Umgang nicht abgebrochen, und sie konnte sich wie bisher bemühen, die junge Burgfrau ihrer hohen Stellung zu berauben.

Lange genug sah es doch aus, als sollten alle Versuche der alten Frau mißlingen, denn Frau Luzias gutes Herz und ihr unantastbares Betragen machte sie im Verein mit der Hilfe ihrer himmlischen Schutzpatronin unverwundbar für alle Angriffe. Aber gegen Herbst ließ sich zu Frau Rangelas großer Freude ihre Bruderstochter auf ein Vorhaben ein, das Herr Eskil kaum umhin konnte zu mißbilligen.

Dieses Jahr war die Ernte aus Börtsholm so reichlich ausgefallen, daß sie die des vorigen Jahres, ja aller vorangegangenen Jahre, solange man zurückdenken konnte, bei weitem übertraf. Ebenso hatten sich Jagd und Fischerei mehr als doppelt so einträglich erwiesen als gewöhnlich. Die Bienenkörbe quollen von Honig und Wachs über, und die Hopfengärten strotzten von Hopfen. Die Kühe schenkten Milch im Überfluß, die Wolle der Schafe wurde lang wie Gras, und die Schweine fraßen sich so fett, daß sie sich kaum rühren konnten. Alle, die auf der Burg wohnten, merkten diesen reichen Segen, und sie zögerten nicht, zu sagen, daß er um Frau Luzias willen auf den Hof einströmte.

Aber während man nun auf Börtsholm eifrig damit beschäftigt war, alle Erträgnisse des Jahres zu bergen und zu verwerten, zeigten sich da eine große Menge notleidender Menschen, die alle vom östlichen oder nordöstlichen Ufer des großen Vänersees kamen. Sie schilderten mit vielen Tränen und kläglichen Gebärden, wie die ganze Gegend, aus der sie kamen, von einem Feindesheer heimgesucht war, das sengend, plündernd und mordend dahinzog. Die Kriegsknechte hatten solche Niedertracht an den Tag gelegt, daß sie sogar das Korn in Brand gesteckt, das noch ungeerntet auf dem Acker stand, und alle Viehherden mit sich fortgetrieben hatten. Die Menschen, die mit dem Leben davongekommen waren, gingen dem Winter ohne ein Dach über dem Kopfe und ohne Lebensmittel entgegen. Einige waren auf den Bettel ausgezogen, andre hielten sich in den Wäldern verborgen, andre wieder wanderten auf den Brandstätten herum, unfähig, irgendeine Arbeit vorzunehmen, nur über alles wehklagend, was sie verloren hatten.

Als Frau Luzia diese Erzählungen hörte, quälte sie der Anblick all der Lebensmittel, die sich nun in Börtsholm anhäuften. Schließlich wurde der Gedanke an die hungernden Menschen auf der andern Seite des Sees in ihr so übermächtig, daß sie kaum einen Bissen Speise an die Lippen führen konnte.

Immerzu dachte sie an Erzählungen, die sie im Kloster gehört, von heiligen Männern und Frauen, die sich bis auf den bloßen Körper ausgeplündert hatten, um den Armen und Elenden zu helfen. Und vor allem erinnerte sie sich, wie ihre eigene Schutzpatronin, die heilige Luzia von Syrakus, in der Barmherzigkeit gegen einen heidnischen Jüngling, der sie um ihrer schönen Augen willen liebte, so weit gegangen war, daß sie ihre Augen aus den Höhlen gerissen und sie ihm blutig und erloschen geschenkt hatte, um ihn dadurch von seiner Liebe zu ihr zu heilen, die eine christliche Jungfrau war und ihm nicht angehören konnte. Die junge Frau quälte und ängstigte sich aufs höchste bei diesen Erinnerungen, und sie empfand große Verachtung vor sich selbst, daß sie von soviel Not hören konnte, ohne einen ernsten Versuch zu machen, ihr zu steuern.

Während sie noch von diesen Gedanken gequält wurde, kam Botschaft von Herrn Eskil, daß er in des Königs Auftrag eine Reise nach

Norwegen machen mußte und nicht vor Weihnachten daheim erwartet werden konnte. Aber dann würde er nicht nur von seinen eigenen sechzig Mannen begleitet sein, sondern auch von einer großen Schar Verwandten und Freunden, weshalb er Frau Luzia bitten ließ, sich auf ein großes und langandauerndes Gastmahl gefaßt zu machen.

Am selben Tag, an dem Frau Luzia so erfuhr, daß ihr Gatte im Herbst nicht heimkommen werde, ging sie daran, die Angst zu stillen, die sie nun schon so lange quälte. Sie ließ ihren Leuten befehlen, all die Lebensmittel, die in Börtsholm aufgespeichert waren, an den Strand hinunterzubringen. So wurde denn der ganze Wintervorrat der Burg auf Schuten und Kähne verladen, sicherlich zur höchlichen Verwunderung aller Bewohner der Burg.

Als Keller und Vorratskammern gründlich geleert waren, begab sich Frau Luzia, von ihren Kindern, ihren Dienern und Dienerinnen gefolgt, an Bord eines wohlbemannten Schiffes, und während sie in Börtsholm nur einige alte Wächter zurückließ, denen sie die Obhut über die Burg anvertraute, ließ sie sich mit ihrer ganzen Ladung auf den großen See hinausrudern, der vor ihr lag, uferlos wie ein Meer.

Über diese Fahrt Frau Luzias finden sich viele alte Überlieferungen und Aufzeichnungen vor. So wird erzählt, daß der Teil des Vänerufers, an dem der Feind am schlimmsten gehaust hatte, bei ihrer Ankunft von seinen Einwohnern nahezu ganz verlassen war, Frau Luzia war ganz mutlos herangerudert und hatte nach irgendeinem Zeichen von Leben und Bewegung ausgespäht, aber kein Rauch war zum Himmel aufgestiegen, kein Hahn hatte gekräht, keine Kuh gebrüllt.

Hier hauste doch noch in einem Kirchspiel ein alter Pfarrer, der Herr Kolbjörn genannt ward. Er hatte nicht mit seinen Schäflein ziehen wollen, als diese aus ihren zerstörten Häusern flüchteten, weil er den Pfarrhof und die Kirche voll Kriegsverwundeter hatte. Er war bei diesen geblieben, hatte ihre Wunden verbunden und das Wenige, was er sein eigen nannte, unter sie verteilt, ohne sich selbst Nahrung oder Ruhe zu gönnen. Davon war er so ermattet, daß er sich dem Tode nahe fühlte. So hatte denn an einem der dunkelsten Herbsttage, als schwere Wolken sich über den See türmten, als das Wasser sich mit schwarzen Wogen heranwälzte und die Düsterkeit der Natur all die Hoffnungslosigkeit und Not noch steigerte, der arme Herr Kolbjörn, der keine Messe mehr zu lesen vermochte, versucht, den Strang der Kirchenglocke zu ziehen, um damit Gottes Segen auf seine Kranken herabzurufen.

Und sieh da! Kaum waren die ersten Glockentöne verklungen, als eine kleine Flotte, aus Schiffchen und Prahmen bestehend, ans Land gerudert kam. Und aus einem Schiffe stieg eine schöne junge Frau ans Land, mit einem Antlitz, das von Licht durchschimmert war. Vor ihr gingen acht herrliche Kinder, und hinter ihr kam eine lange Reihe von Dienern, die alle erdenklichen Lebensmittel trugen: ganze gebratene Kälber und Schafe, lange Spieße voll trockener Brotlaibe, Tonnen mit Dünnbier und Säcke voll Mehl. Hilfe war in letzter Stunde gekommen, gleichsam durch ein Wunder.

Nicht weit von Herrn Kolbjörns Kirche, auf einer Landzunge, die scharf in den See hinausschoß und Scherenspitze genannt wurde, hatte seit urdenklichen Zeiten ein alter Bauernhof gestanden. Er war nun niedergebrannt und ausgeplündert, aber der Besitzer, ein siebzigjähriger Mann, hatte solche Liebe zu dem Hof, daß er es nicht übers Herz bringen konnte, ihn zu verlassen. Bei ihm war seine alte Ehefrau geblieben, ein kleiner Enkel und eine Enkelin. Diese hatten eine Zeitlang durch Fischerei ihr Leben gefristet, aber eines Nachts hatte der Sturm ihre Gerätschaften zerstört, und seither saßen sie unter den Trümmern da und warteten auf den Hungertod. Während sie so harrten, mußte der Bauer an seinen Hund denken, der mitten unter ihnen lag, geduldig verschmachtend. Er ergriff einen Knüttel, und mit seinen letzten Kräften schlug er nach dem Hunde, um ihn zu vertreiben, denn er wollte nicht, daß das Tier für etwas sterbe, was es gar nicht anging. Aber bei dem Schlage heulte der Hund laut auf und lief davon. Die ganze Nacht strich er unablässig heulend um den Hof herum. Und man hörte ihn weit hinaus auf den See, und ehe noch der Tag anbrach, ruderte Frau Luzia, von dem Gebell geleitet, mit Rettung und Hilfe ans Land.

Noch weiter weg lag ein kleines, von Mauern umfriedetes Haus, wo heilige Frauen wohnten, die Gott gelobt hatten, es niemals zu verlassen. Gegen diese frommen Schwestern hatten die Kriegführenden so viel Rücksicht gezeigt, daß sie sie selbst und ihr Haus verschont hatten, aber ihren ganzen Wintervorrat hatten sie ihnen geraubt. Das einzige, was sie behalten durften, war ein Taubenschlag voll Tauben, und diese hatten sie eine nach der andern geschlachtet, bis nur mehr eine einzige übrig war. Aber diese Taube war sehr zahm, und die frommen Frauen hatten sie so lieb, daß sie ihr Leben nicht dadurch verlängern wollten, sie zu essen, sondern den Taubenschlag öffneten und ihr die Freiheit schenkten. Da stieg die weiße Taube zuerst hoch zum Himmel auf, dann schoß sie herab und setzte sich auf den Dachfirst. Aber als Frau Luzia am Ufer vorbeiruderte, nach jemandem ausspähend, der der Hilfe bedurfte, sah sie die Taube und sagte sich, daß, wo sie war, es auch noch Menschen geben mußte. Und sie landete und schenkte den frommen Frauen so viele Nahrungsmittel, als sie brauchten, um den Winter zu durchleben.

Noch weiter südwärts hatte am Vänerstrand ein kleiner Marktflecken gelegen, der ebenfalls eingeäschert und geplündert war. Einzig und allein die langen Pfahlbrücken, an denen die Schiffe in früheren Tagen anzulegen pflegten, standen noch da. Hier unter diesen Brücken hatte sich in den Tagen der Zerstörung ein Mann, der Krämer-Lasse genannt wurde, mit seiner Frau verborgen, und während das Kampfgetümmel über ihnen raste, hatte sie da ein Kind geboren. Aber seither war sie so schwer krank, daß sie nicht fliehen konnte, und der Mann war bei ihr geblieben. Nun war ihr Elend sehr groß, und tagtäglich bat die Frau den Mann, doch an sich selbst zu denken und sie ihrem Schicksal zu überlassen, aber er konnte sich nicht dazu entschließen, sondern weigerte sich. Da versuchte sie sich eines Nachts aus ihrem Schlupfwinkel zu erheben und sich mit dem Kinde ins Wasser hinabgleiten zu lassen, denn sie dachte, wenn sie einmal tot waren, würde er fliehen und so sein Leben retten. Aber das Kind schrie in dem kalten Wasser laut auf, und der Mann erwachte. Er brachte sie beide wieder ans Land, aber das Kind war so erschrocken, daß es die ganze Nacht hindurch schrie. Und das Geschrei drang übers Wasser und rief die redliche Helferin herbei, die suchend und harrend über den See ruderte.

Solange sie noch Gaben übrig hatte, fuhr Frau Luzia den Vänerstrand entlang, und es war ihr auf dieser Fahrt so froh und leicht ums Herz wie nie zuvor. Denn so wie es nichts Schwereres gibt, als still und untätig zu bleiben, wenn man von fremdem, schwerem Unglück erzählen hört, so bringt es jedem, der ihm auch nur im allergeringsten Maße abzuhelfen versucht, das größte Glück und die süßeste Ruhe. Diese Erleichterung und Freude ohne die leiseste Ahnung, daß ihr etwas Böses bevorstehen könnte, empfand sie noch, als sie am Vortage des Luziatages zu recht später Abendstunde nach Börtsholm zurückkehrte. Bei der Abendmahlzeit, die aus nichts anderem bestand als einigen Humpen Milch, sprach sie mit ihren Reisegefährten von der schönen Fahrt, die sie gemacht hatten, und alle waren darin einig, daß sie nie freudevollere Tage erlebt hatten.

»Aber jetzt steht uns eine arbeitsame Zeit bevor«, fuhr sie fort. »Morgen dürfen wir den St. Luziatag nicht mit Essen und Trinken feiern wie in anderen Jahren. Wir müssen jetzt daran gehen, ohne Unterlaß zu brauen, zu backen und zu schlachten, so daß wir den Weihnachtsschmaus zu Herrn Eskils Heimkehr fertig haben.«

Dies sagte die junge Frau ohne die mindeste Angst, denn sie wußte ja, daß ihre Viehställe und Scheuern und Vorratskammern von Gottes guten Gaben voll waren, wenn auch für den Augenblick nichts davon zu menschlicher Nahrung bereitet war.

So glücklich auch die Fahrt gewesen, waren doch alle Teilnehmer recht ermüdet und gingen zeitig zur Ruhe. Aber kaum hatte Frau Luzia ihre Augenlider zum Schlummer geschlossen, als vor der Burg Pferdegetrappel, Waffengeklirr und laute Rufe ertönten. Das Burgtor drehte sich knirschend in seinen Angeln, die Steine des Hofes wurden von eifrigen Füßen getreten. Sie begriff, daß Herr Eskil mit seiner Reiterschar heimgekehrt war.

Frau Luzia sprang in aller Eile aus dem Bette, um ihm entgegenzugehen. Nachdem sie ihre Kleidung notdürftig geordnet, eilte sie auf den Altan hinaus, um die Treppe zu erreichen, die in den Burghof hinunterführte. Aber sie kam nicht weiter als bis zur obersten Stufe, denn Herr Eskil stand schon mitten auf der Treppe, auf dem Wege zu ihrer Kammer.

Ein Fackelträger ging ihm voraus, und in dem Lichtschein glaubte Frau Luzia zu sehen, daß Herrn Eskils Antlitz in furchtbarer Weise vom Zorn gezeichnet war. Einen Augenblick hoffte sie, daß nur der rote rauchgeschwärzte Fackelschein sein Gesicht so dunkel und drohend machte, aber als sie sah, wie Kinder und Diener mit kläglichen Mienen und niedergeschlagenen Blicken vor ihm zurückwichen, mußte sie sich sagen, daß ihr Mann sehr erzürnt heimgekommen war, bereit, Gericht zu halten und Strafe zu verhängen.

Während Frau Luzia so stand und auf Herrn Eskil hinuntersah, erblickte auch er sie, und mit steigender Angst merkte sie, wie sein Gesicht dabei von einem gezwungenen Lächeln verzerrt wurde. – »Kommt Ihr nun, holde Hausfrau, um mir eine Willkommensmahlzeit zu kredenzen?« höhnte er. »Aber diesmal habt Ihr Euch umsonst gemüht, denn ich und meine Mannen haben unser Abendmahl bei Eurer Muhme, Frau Rangela, eingenommen. Aber morgen«, fügte er hinzu, und hier übermannte ihn der Zorn, so daß er mit der Hand auf das Treppengeländer schlugt »erwarten wir, daß Ihr uns zu Ehren Eurer Schutzheiligen Sancta Luzia mit einem so guten Frühmahl bewirtet, als das Haus es vermag, auch dürft Ihr nicht vergessen, mir beim ersten Hahnenschrei meinen Morgentrunk vorzusetzen.«

Nicht ein Wort vermochte die junge Schloßfrau zu erwidern. Gerade so wie im vorigen Sommer, als sie zum erstenmal ahnte, daß Frau Rangela Böses gegen sie im Schilde führte, blieb sie stehen, die Hände ans Herz gedrückt, mit tränenvollen Augen. Denn sie mußte sich ja sagen, daß es Frau Rangela war, die Herrn Eskil zur Unzeit heimgerufen und ihn gegen sie aufgereizt hatte, indem sie ihm erzählte, wie Frau Luzia mit seinem Hab und Gut umgegangen war.

Aber Herr Eskil ging noch ein paar Schritte die Treppe hinauf, und ohne sich von der Angst seiner Gattin im mindesten rühren zu lassen, beugte er sich zu ihr vor und sagte mit furchtbarer Stimme: »Bei unseres Heilands Kreuz, Frau Luzia, merkt es Euch wohl, wenn dieses Frühmahl mir nicht behagt, so werdet Ihr es all Euer Lebtag bereuen!«

Damit legte er die Hand schwer auf die Schulter seiner Frau und schob sie vor sich in das Schlafgemach.

Auf dieser Wanderung in die Schlafkammer dünkte es Frau Luzia, daß etwas, was ihr bis dahin in seltsamer Weise verborgen gewesen war, ihr mit einemmal offenbar wurde. Sie erkannte, daß sie eigenmächtig und gedankenlos gehandelt hatte und daß Herr Eskil wohl Grund haben mochte, ihr zu zürnen, daß sie, ohne ihn zu befragen, über sein Eigentum verfügt hatte. Sie versuchte auch jetzt, wo sie allein waren, ihm dies ruhig zu sagen und ihn zu bitten, ihre jugendliche Unbedachtsamkeit zu verzeihen, aber er ließ sie nicht zu Worte kommen. »Legt Euch nun zu Bett, Frau Luzia«, sagte er, »und hütet Euch wohl, vor der gewohnten Stunde aufzustehen! Wenn Euer Morgentrunk und Euer Willkommensmahl nicht zu meiner Zufriedenheit ausfallen, so werdet Ihr einen Weg zu laufen haben, zu dem Ihr alle Eure Kräfte brauchen könnt.«

An dieser Antwort mußte sie sich genügen lassen, obwohl sie ihre Furcht nur noch vermehrte, und man kann es wohl verstehen, daß in dieser ganzen Nacht kein Schlummer in ihre Augen kam. Sie lag da und vergegenwärtigte sich, was ihr Gatte gesagt hatte, und je mehr sie seine Worte überdachte, desto klarer wurde es ihr, daß er damit eine harte Drohung gegen sie ausgesprochen hatte. Sicherlich hatte er bei sich bestimmt, daß er sie nicht verurteilen wollte, ehe er nicht selbst erfahren, ob sie so schlecht gehandelt, wie Frau Rangela wohl behauptet hatte. Aber war sie nicht imstande, ihn zu bewirten, wie er es begehrte, dann war es zweifellos, daß eine schreckliche Strafe ihrer harrte. Das Geringste war wohl, daß sie unwürdig erklärt wurde, länger seine Gemahlin zu sein, und zu ihren Eltern heimgeschickt wurde; aber aus den letzten Worten, die er geäußert, glaubte sie zu entnehmen, daß er sie obendrein dazu verurteilen wollte, zwischen seinen Knechten Spießruten zu laufen wie eine gemeine Diebin.

Als sie zu der Überzeugung gelangt war, daß es sich so verhielt, was auch wirklich der Fall war, denn Frau Rangela hatte Herrn Eskil zu wahnsinniger Wut aufgestachelt, begann Frau Luzia zu zittern, ihre Zähne schlugen aufeinander, und sie glaubte sich dem Tode nahe. Sie wußte, daß sie die Stunden der Nacht dazu verwenden mußte, Hilfe und Auswege zu finden, aber ihr großes Entsetzen lähmte sie, so daß sie regungslos liegen blieb. »Wie sollte es nur möglich sein, bis zum nächsten Morgen meinen Herrn und seine sechzig Mann zu speisen?« dachte sie in ihrer Hoffnungslosigkeit. »Da kann ich ebenso gut still liegen, und warten, bis das Unglück über mich hereinbricht.«

Das einzige, was sie zu ihrer Rettung zu tun vermochte, war, Stunde für Stunde brennende Gebete zu Sancta Luzia von Syrakus emporzusenden. »O Sancta Luzia, meine teure Schutzpatronin«, bat sie, »morgen ist der Tag, an dem du den Märtyrertod erlittest und in das himmlische Paradies eingingst. Entsinne dich, wie dunkel und hart und kalt es ist, auf Erden zu leben. Komm zu mir in dieser Nacht und führe mich mit dir von hinnen! Komm und schließe meine Augen im Schlummer des Todes. Du weißt, daß dies mein einziger Ausweg ist, um Entehrung und schimpflicher Strafe zu entrinnen.«

Während sie so die Hilfe der heiligen Luzia anrief, vergingen die Stunden der Nacht, und der gefürchtete Morgen näherte sich. Viel früher, als sie es erwartet, ertönte der erste Hahnenschrei; die Knechte, die das Vieh zu versorgen hatten, wanderten über den Burghof zu ihren Verrichtungen, und die Pferde richteten sich lärmend in ihren Ställen auf.

»Jetzt erwacht auch Herr Eskil«, dachte sie. »Gleich wird er mir befehlen, seinen Morgentrunk zu holen, und dann muß ich eingestehen, daß ich so töricht gehandelt habe, daß ich weder Eier noch Meth besitze, den ich ihm wärmen kann.«

In diesem Augenblick der höchsten Gefahr für die junge Burgfrau konnte ihre himmlische Freundin, die heilige Luzia, die sich wohl sagen mußte, daß ihr Schützling nur aus allzugroßer Barmherzigkeit gefehlt hatte, nicht länger ihrer Lust widerstehen, ihr beizuspringen. Der irdische Leib der Heiligen, der Hunderte von Jahren in der engen Grabkammer in Syrakusas Katakomben geruht hatte, erfüllte sich mit einem Male mit lebendigem Geist, nahm seine Schönheit und den Gebrauch seiner Glieder wieder an, hüllte sich in ein Kleid, aus Sternenlicht gewoben, und begab sich wiederum in jene Welt hinaus, wo sie einst gelitten und geliebt hatte.

Und nur wenige Augenblicke später sah der verdutzte Wächter im Pförtnerturm zu Börtsholm, wie ein nächtliches Wunder, eine Feuerkugel, ganz weit im Süden auftauchte. Sie durchschnitt die Luft so rasch, daß das Auge dem Fluge nicht folgen konnte, kam gerade auf Börtsholm zu, flog so nahe an dem Wächter vorbei, daß sie ihn fast streifte, und war verschwunden. Aber auf diesem Feuerball, so wollte es zum mindesten den Wächter bedünken, schwebte eine junge Jungfrau so, daß sie sich mit den Zehenspitzen darauf stützte, während sie die Arme hoch erhoben hielt und sich gleichsam gaukelnd und tanzend des glühenden Nachens bediente.

Nahezu im selben Augenblick sah die in Angst und Beben wachende Frau Luzia einen Schimmer durch eine Türspalte der Schlafkammer dringen. Und als sich gleich darauf die Türe auftat, trat zu ihrer Verwunderung und Freude eine schöne Jungfrau in Gewändern so weiß wie Sternenlicht in das Gemach. Ihr langes schwarzes Haar war mit einer Pflanzenranke gebunden, aber an dieser Ranke saßen nicht gewöhnliche Blätter und Blumen, sondern blinkende Sternlein. Diese Sternlein erhellten die ganze Kammer, und doch dünkte es Frau Luzia, daß sie ein Nichts waren gegen die Augen der holden Fremden, die nicht nur in dem klarsten Glanze schimmerten, sondern auch himmlische Liebe und Barmherzigkeit ausstrahlten.

In der Hand trug die fremde Jungfrau eine große Kupferkanne, aus der ein milder Duft von edlem Traubensaft drang, und mit dieser schwebte sie durch die Kammer zu Herrn Eskil hin, goß von dem Weine in eine kleinere Schale und bot ihm zu trinken.

Herr Eskil, der gut geschlafen hatte, erwachte, als der Lichtschein auf seine Augenlider fiel und führte die Schale an seine Lippen. In dem halbwachen Zustand, in dem er sich befand, erfaßte er kaum mehr von

dem Wunder, als daß der Wein, der ihm kredenzt wurde, sehr wohl-
schmeckend war, und er leerte die Schale bis auf den letzten Tropfen.

Aber dieser Wein, der kaum etwas andres sein konnte, als der edle
Malvasier, der Ruhm des Südens und aller Weine Krone, war so
schlafbringend, daß er kaum die Schale niedergestellt hatte, als er schon
schlafend in sein Bett zurücksank. Und im selben Augenblick schwebte
die schöne heilige Jungfrau aus dem Zimmer, Frau Luzia in einem
Zustand bebender Verwunderung und neuerwachter Hoffnung zurück-
lassend.

Die lichte Helferin begnügte sich aber nicht damit, nur Herrn Eskil
zu bewirten. An dem dunklen kalten Wintermorgen durchwanderte sie
die düsteren Säle der schwedischen Burg, und jedem der schlummernden
Kriegsknechte bot sie eine Schale des freudenbringenden Weins des
Südens.

Allen, die ihn tranken, dünkte es, daß sie himmlische Wollust gekostet
hatten. Sie säumten auch nicht, sofort in einen Schlummer zu versinken,
von Träumen von Gefilden erfüllt, wo ewiger Sommer und ewige Sonne
herrschte.

Aber kaum hatte Frau Luzia die holde Erscheinung verschwinden
gesehen, als die Angst und die Ohnmacht, die sie die ganze Nacht be-
drückt hatte, ganz und gar von ihr wich. Sie legte rasch ihre Kleider
an und rief dann alle Hausgenossen zur Arbeit.

Den langen Wintermorgen waren diese alle damit beschäftigt, Herrn
Eskils Willkommensmahl zu bereiten. Junge Kälber, Ferkel, Gänse und
Hühner mußten in aller Eile ihr Leben lassen, Teige wurden geknetet,
Feuer unter den Bratspießen und in den Backöfen entzündet, Kohl
wurde geschmort, Rüben geschält und Honigkuchen zum Nachtisch
gebacken.

Die Tische im Bankettsaal wurden mit Tüchern bedeckt, die teueren
Wachskerzen aus den tiefen Truhen ausgepackt, und auf die Bänke
wurden blaue Federpolster und Gewebe gebreitet.

Während all dieser Vorbereitungen schliefen der Burgherr und seine
Mannen weiter. Als Herr Eskil endlich erwachte, sah er an dem Stand
der Sonne, daß die Mittagsstunde angebrochen war. Er verwunderte
sich nicht nur über seinen langen Schlummer, sondern vielleicht noch
mehr darüber, daß er den Verdruß verschlafen hatte, der ihn am vorigen
Abend gequält. Seine Frau hatte sich ihm in seinen Morgenträumen in
großer Sanftmut und Holdseligkeit gezeigt, und er wunderte sich nun

über sich selbst, daß er sich versucht gefühlt hatte, sie zu einer harten schimpflichen Strafe zu verurteilen.

»Vielleicht steht es doch nicht so schlimm, wie Frau Rangela mir vorgespiegelt hat«, dachte er. »Freilich kann ich sie nicht als meine Gemahlin behalten, wenn sie mein Hab und Gut vergeudet hat, aber es mag genügen, sie ohne weitere Strafe zu ihren Eltern heimzuschicken.«

Als er aus seiner Kammer trat, empfingen ihn seine acht Kinder, die ihn in den Bankettsaal führten. Da saßen seine Mannen schon auf den Bänken und warteten ungeduldig auf sein Erscheinen, um die Mahlzeit in Angriff nehmen zu können. Denn die Tische vor ihnen bogen sich unter allen erdenklichen Speisen.

Frau Luzia setzte sich, ohne irgendwelche Angst zu zeigen, an die Seite ihres Mannes; doch war sie nicht von aller Unruhe befreit, denn wenn sie auch in aller Eile eine Mahlzeit hatte zurüsten können, war sie doch ganz ohne Bier und Meth, die sich nicht so rasch herstellen ließen. Und sie war sehr im Zweifel, ob Herr Eskil sich bei einem Frühmahl, bei dem es an Trinkwaren fehlte, wohlverpflegt fühlen würde.

Aber da gewahrte sie auf dem Tische vor sich die große Kupferkanne, die die heilige Jungfrau getragen hatte. Die stand da, bis an den Rand mit duftendem Wein gefüllt. Wieder fühlte sie innige Freude über den Schutz der barmherzigen Heiligen, und sie bot Herrn Eskil von dem Weine, während sie ihm erzählte, wie er nach Börtsholm gekommen war, was Herr Eskil mit der allergrößten Verwunderung vernahm.

Als Herr Eskil ein paarmal von dem Weine gekostet hatte, der doch diesmal nicht einschläfernd, sondern nur belebend und veredelnd wirkte, faßte Frau Luzia wieder Mut und erzählte ihm von ihrer Fahrt. Anfangs saß Herr Eskil sehr ernst da, aber als sie von dem Pfarrer, Herrn Kolbjörn, zu erzählen anfing, da rief er: »Herr Kolbjörn ist mir ein treuer Freund, Frau Luzia. Ich bin von Herzen froh, daß Ihr ihm beistehen konntet.«

In gleicher Weise stellte es sich heraus, daß der Großbauer auf der Schereninsel Herrn Eskils Kamerad in vielen Feldzügen gewesen, daß unter den frommen Frauen sich eine seiner Basen befunden hatte, und daß Krämer-Lasse im Marktflecken ihm Kleider und Waffen aus dem Auslande zu verschaffen pflegte. Ehe noch Frau Luzia zu Ende gesprochen, war Herr Eskil nicht nur bereit, ihr zu verzeihen, sondern er war ihr von Herzen dankbar, weil sie so vielen seiner Freunde geholfen hatte.

Aber die Angst, die Frau Luzia in der Nacht durchgemacht hatte, drang noch einmal auf sie ein, und sie hatte Tränen in der Stimme, als sie endlich sagte: »Nun dünkt es mich selbst, lieber Herr, daß ich sehr übel daran getan, ohne Euch um Erlaubnis zu fragen, Euer Eigentum zu verschenken. Aber ich bitte Euch, meine große Jugend und Unerfahrenheit zu bedenken und mir um derentwillen zu vergeben.«

Als Frau Luzia so sprach und Herr Eskil sich nun bewußt wurde, daß seiner Frau so große Frömmigkeit eigen war, daß eine der Bewohnerinnen des Himmels ihre irdische Gestalt wieder angenommen hatte, um ihr zu Hilfe zu eilen, und als er ferner bedachte, wie er, der für einen weisen, weitblickenden Mann gelten wollte, sie verdächtigt hatte und nahe daran gewesen war, seinen Zorn über sie zu ergießen, da empfand er so heftige Scham, daß er die Augen niederschlug und nicht imstande war, ihr mit einer Silbe zu antworten.

Als Frau Luzia ihn stumm mit gesenktem Kopfe sitzen sah, kehrte ihre Angst wieder, und sie wäre am liebsten weinend von ihrem Platz geflüchtet. Aber da kam, ungesehen von allen, die barmherzige heilige Luzia in den Saal, schmiegte sich an die junge Frau und flüsterte ihr ins Ohr, was sie weiter sagen sollte. Und diese Worte waren gerade die, welche Frau Luzia auszusprechen gewünscht hatte, aber ohne die himmlische Ermutigung hätte sie sich in ihrer Schüchternheit wohl nie dazu entschlossen.

»Noch um eines will ich Euch bitten, mein teurer Herr und Gemahl«, sagte sie, »und das wäre, daß Ihr mehr daheim weilen möget. Dann würde ich nie in die Versuchung kommen, gegen Euren Willen zu handeln, auch könnte ich Euch dann all die Liebe zeigen, die ich für Euch fühle, so daß sich niemand zwischen Euch und mich zu drängen vermöchte.«

Als diese Worte gesagt waren, merkten alle, daß sie höchlich nach Herrn Eskils Sinn waren. Er erhob den Kopf, und die große Freude, die er fühlte, verjagte seine Scham.

Eben wollte er seiner Frau die liebreichste Antwort geben, als einer von Frau Rangelas Vögten in den Bankettsaal gestürzt kam. Er erzählte mit hastigen Worten, daß Frau Rangela zu früher Morgenstunde nach Börtsholm aufgebrochen war, um zu Frau Luzias Bestrafung zurechtzukommen. Aber unterwegs war sie etlichen Bauern begegnet, die sie schon lange des Brückengeldes wegen haßten, und als diese sie in nächtlicher Dunkelheit trafen, von einem einzigen Diener begleitet, hatten sie zuerst diesen in die Flucht gejagt, dann hatten sie Frau Rangela vom Pferde gerissen und sie jämmerlich ermordet.

Nun war Frau Rangelas Vogt auf der Suche nach den Mördern, und er begehrte, daß auch Herr Eskil Mannen aussende, um sich an der Suche zu beteiligen.

Aber da erhob sich Herr Eskil und sprach mit strenger lauter Stimme: »Es mag den Anschein haben, als wäre es am schicklichsten, daß ich nun meiner Frau auf ihre Bitten Antwort gäbe, aber ehe ich dies tue, will ich zuerst mit Frau Rangela fertig sein. Und nun sage ich, meinethalben mag sie immerhin ungerächt daliegen, und nimmermehr will ich meine Diener aussenden, um Bluthandwerk um ihretwillen zu üben, denn ich glaube sicherlich, sie ist über ihre Taten gefallen.«

Als dies gesagt war, wandte er sich Frau Luzia zu, und nun war seine Stimme so mild, daß man kaum glauben konnte, daß ein solcher Ton in seiner Kehle wohne.

»Aber meiner lieben Hausfrau will ich nun sagen, daß ich ihr von Herzen gern verzeihe, ebenso wie ich hoffe, daß sie meine Heftigkeit entschuldigen möge. Und da es ihr Wunsch ist, werde ich den König bitten, daß er einen andern als mich zu seinem Ratgeber wählen möge, denn ich will nun in den Dienst zweier edler Damen treten. Die eine davon ist meine Gattin, die andre die heilige Luzia von Syrakus, der ich in all den Kirchen und Kapellen, die ich auf meinen Gütern habe, Altäre errichten will, sie bittend, daß sie bei uns, die wir in der Kälte des Nordens schmachten, jenen Funken und Leitstern der Seele brennend erhalten möge, der da heißt Barmherzigkeit.«

Am dreizehnten Dezember zu früher Morgenstunde, wenn Kälte und Finsternis Gewalt über Värmland hatten, kehrte noch in meiner Kindheit die heilige Luzia von Syrakus in allen Häusern ein, die zwischen den Bergen Norwegens und dem Gullspangålf zerstreut lagen. Sie trug noch, wenigstens in den Augen der Kinder, ein Kleid weiß von Sternenlicht, sie hatte im Haar einen grünen Kranz mit brennenden Lichterblumen, und sie weckte stets die Schlummernden mit einem warmen duftenden Trunk aus ihrer Kupferkanne.

Nie sah ich zu jener Zeit ein herrlicheres Bild, als wenn die Türe sich auftat und sie in das Dunkel der Kammer trat. Und ich wünschte, daß sie nie aufhörte, sich in den Heimstätten Värmlands zu zeigen. Denn sie ist das Licht, das die Dunkelheit bezwingt, sie ist die Legende, die die Vergessenheit überwindet, sie ist die Herzenswärme, die vereiste Gefilde mitten im harten Winter lieblich und sonnig macht.

Ein Weihnachtsgast

Einer von denjenigen, welche als Kavaliere auf Ekeby gelebt hatten, war der kleine Ruster, der Noten transponieren und Flöte spielen konnte. Er war aus niederem Stande und arm, ohne Heimat und ohne Angehörige. Es kamen schwere Zeiten für ihn, als die Kavalierschar sich zerstreute. Er hatte nun nicht länger Pferd und Wagen, weder Pelz noch Eßkorb. Er mußte zu Fuß von Hof zu Hof gehen und trug seine Habe in einem blaugewürfelten Baumwollenschnupftuche eingeknotet. Den Rock knüpfte er bis unter das Kinn zu, damit keiner sehen konnte, wie es mit Hemd und Weste bestellt war, und in seinen weiten Taschen verwahrte er seine kostbarsten Güter: die auseinandergeschrobene Flöte, die flache Taschenflasche und die Notenfeder.

Sein Beruf war das Notenabschreiben, und wenn alles noch so wie in alten Zeiten gewesen wäre, würde es ihm nicht an Arbeit gefehlt haben. Doch mit jedem Jahre, das dahinging, wurde droben in Värmland weniger Musik getrieben. Die Gitarre mit ihrem morschen Seidenbande und das gewundene Waldhorn mit verblichenen Quasten und Schnüren wurden in die Rumpelkammer auf den Boden gebracht, und der Staub legte sich zolldick auf die langen, eisenbeschlagenen Geigentasten. Doch je weniger der kleine Ruster mit der Flöte zu tun hatte, desto mehr mußte er sich mit der Taschenflasche beschäftigen, und schließlich wurde er der reine Säufer. Es war sehr schade um den kleinen Ruster. Einstweilen wurde er auf den Gütern noch als ein alter Freund aufgenommen, doch es herrschte Trauer, wenn er kam, und Freude, wenn er ging. Er roch nach Schnaps und Branntwein, und sowie er ein paar Appetitschnäpse oder ein Glas Grog getrunken hatte, bekam er einen Spitz und erzählte widerwärtige Geschichten. Er war die Plage der gastfreien Gutshöfe.

Einmal um Weihnachten ging er nach Löfdala, wo Liljekrona, der große Geigenspieler, wohnte. Liljekrona war auch einer der Ekebykavaliere gewesen, doch nach dem Tode der Majorin war er auf sein schönes Gut Löfdala gezogen und dort geblieben. Jetzt kam Ruster in den Tagen vor Heiligabend, mitten in der Räumerei, zu ihm und bat um Arbeit. Liljekrona beschäftigte ihn mit dem Abschreiben einiger Notenhefte.

»Du hättest ihn lieber gleich wieder gehen lassen sollen«, sagte Liljekronas Gattin, »jetzt wird er die Arbeit wohl so langsam ausführen, daß wir ihn Heiligabend hier behalten müssen.«

»Irgendwo muß er ihn ja verleben«, antwortete Liljekrona. Und er setzte Ruster Grog und Branntwein vor, leistete ihm beim Trinken Gesellschaft und lebte die ganze Elebyzeit wieder mit ihm durch. Doch er war verstimmt, und der Gast war ihm, wie allen anderen zuwider, wenn er es sich auch nicht merken lassen wollte, weil ihm alte Freundschaft und Gastfreiheit heilig waren.

In Liljekronas Heim aber rüstete man sich seit drei Wochen zum Empfang des Christkindes. Man hatte in Ungemütlichkeit und Hetzerei mit Arbeit gelebt, sich die Augen bei Talglichtern und Kienspänen rot gewacht, im Vorratshause beim Fleischeinsalzen und im Brauhause beim Bierbrauen gefroren. Doch sowohl die Hausfrau wie die Dienerschaft hatten alles dieses ohne Murren hingenommen. Wenn alle Arbeit fertig war und der heilige Abend kam, würde sich ein süßer Zauber auf sie herabsenken. Das Weihnachtsfest würde die Wirkung haben, daß Scherz und Neckerei, Reime und lustige Reden ihnen ganz ohne Anstrengung auf die Zunge kämen. Jeder Fuß würde Lust verspüren, sich im Tanze zu drehen, und aus den dunklen Winkeln des Gedächtnisses würden die Worte und Melodien der Reigen hervorschlüpfen, obwohl man jetzt gar nicht glauben konnte, daß sie noch dort vorhanden seien. Und dann würden sie alle gut, ach so gut sein.

Doch wie nun Ruster kam, hatten sämtliche Hausgenossen in Löfdala das Gefühl, daß ihnen das Weihnachtsfest gestört werden würde. Die Hausfrau, die älteren Kinder und die langjährigen Diener waren alle gleicher Meinung. Ruster erregte in ihnen erstickende Angst. Sie fürchteten überdies, daß, wenn er und Liljekrona die alten Erinnerungen wieder zu durchleben anfingen, das Künstlerblut in dem großen Geiger aufwallen und sein Heim ihn verlieren würde. Früher hatte er es ja nie lange daheim ausgehalten.

Niemand kann beschreiben, wie der Hausherr, seit sie ihn ein paar Jahre ganz hatten behalten dürfen, jetzt auf dem Gute geliebt wurde. Und was gab er ihnen auch! Wieviel war er den Seinen, vor allem im Weihnachtsfeste! Er hat seinen Platz nicht auf einem Sofa, oder in einem Schaukelstuhl, sondern auf einer hohen, schmalen, glattgescheuerten Holzbank in der Kaminecke. Wenn er dort saß, ritt er auf Abenteuer aus. Er fuhr rund um die Erde, stieg zu den Sternen empor und flog noch höher. Er spielte und erzählte abwechselnd, und alle Hausgenossen versammelten sich um ihn und hörten zu. Das ganze Leben wurde stolz und schön, wenn der Reichtum dieser einen Seele es bestrahlte.

Daher liebten sie ihn, wie sie das Weihnachtsfest, den Frohsinn und die Frühlingssonne liebten. Und als der kleine Ruster kam, war ihr Weihnachtsfrieden gestört. Wenn er den Hausherrn fortlockte, hatten sie vergeblich gearbeitet. Es war ungerecht, daß der Säufer in einem frommen Hause am Weihnachtstische sitzen und alle Weihnachtsfreude verderben durfte.

Am Vormittage des Heiligen Abends war der kleine Ruster mit dem Notenschreiben fertig und sagte nun einige Worte vom Fortgehen, obwohl er natürlich die Absicht hatte, zu bleiben. Liljekrona war von der allgemeinen Verstimmung beeinflußt worden und sagte daher recht lau und gleichgültig, es sei wohl das beste, daß Ruster das Weihnachtsfest über bleibe, da er ja einmal hier sei.

Der kleine Ruster war ein stolzer Hitzkopf. Er zwirbelte seinen Schnurrbart und warf das schwarze Künstlerhaar, das wie eine dunkle Wolke über seiner Stirn lag, zurück. Was Liljekrona damit sagen wollte? Solle er nur bleiben, weil er sonst nirgends hinkönne? Oh, bitte sehr, auf den großen Hammerwerken im Kirchspiele Bro werde er sehnsüchtig erwartet! Das Fremdenzimmer sei in Ordnung, der Bewillkommnungsbecher gefüllt. Er habe es sehr eilig. Er wisse nur nicht, zu wem er zuerst fahren solle.

»Du liebe Zeit«, antwortete Liljekrona, »du kannst gern fahren.«

Nach dem Mittagessen bat der kleine Ruster um Pferd und Schlitten, Pelz und Fußsack. Ein Knecht aus Löfdala sollte ihn nach irgendeinem Orte im Broer Kirchspiele fahren und das Pferd schnell antreiben, da es nach Schneegestöber aussah.

Niemand glaubte, daß er erwartet werde oder daß es in der Gegend auch nur ein einziges Haus gebe, in welchem er willkommen war. Doch sie wollten ihn so gern los sein, daß sie sich dies verhehlten und ihn fahren ließen. »Er hat es selbst gewollt«, sagten sie. Und dann dachten sie, jetzt wollten sie fröhlich sein.

Doch als sie sich gegen fünf Uhr im Saale versammelten, um Tee zu trinken und um den Christbaum zu tanzen, war Liljekrona still und verstimmt. Er setzte sich nicht auf die Abenteuerbank, er rührte weder Tee noch Punsch an, er konnte sich keiner Polska erinnern und die Geige war nicht in Ordnung. Die, welche in der Stimmung seien, zu tanzen und zu spielen, möchten es ohne ihn tun. Da wurde die Hausfrau unruhig, da wurden die Kinder verdrießlich, alles im ganzen Hause ging verkehrt. Es wurde ein sehr trüber Heiligabend.

Die Grütze käste[1], die Lichter zischten, die Holzscheiter rauchten, der Wind brachte Schneetreiben und wehte recht bittere Kälte in die Zimmer. Der Knecht, der den kleinen Ruster gefahren hatte, kam nicht wieder. Die Haushälterin weinte, die Mägde zankten sich.

Schließlich fiel es Liljekrona ein, daß keine Garbe für die Sperlinge hingelegt worden sei, und er beklagte sich laut, daß alle Weiber seines Haushaltes alte Bräuche fallen ließen und neumodisch und herzlos seien. Sie aber begriffen recht gut, daß das, was ihn quälte, Gewissensbisse darüber waren, daß er den kleinen Ruster am Heiligabende selbst hatte abreisen lassen.

Plötzlich ging er nach seinem Zimmer, schloß die Tür hinter sich und begann zu spielen, wie er, seit er zu wandern aufgehört, nicht gespielt hatte. Haß und Hohn, Sehnsucht und Sturm lag darin. »Ihr dachtet, mich zu binden, aber ihr müßt andere Fesseln dazu schmieden. Ihr dachtet, mich kleinlich zu machen, wie ihr es selbst seid. Doch ich ziehe hinaus in das Große, in das Freie, Alltagsmenschen, Haussklaven, fangt mich, wenn es in eurer Macht steht!«

Als die Hausfrau diese Töne hörte, sagte sie: »Morgen ist er fort, wenn Gott nicht heute nacht ein Wunder tut. Jetzt hat unsre Ungastlichkeit gerade das bewirkt, was wir vermeiden zu können glaubten.«

Inzwischen fuhr der kleine Ruster im Schneetreiben umher. Er fuhr von einem Gute zum andern und fragte, ob man dort Beschäftigung für ihn habe, wurde aber nirgends aufgenommen. Er wurde nicht einmal zum Aussteigen aufgefordert. Einige hatten das Haus voll Besuch, andere wollten am ersten Festtage selbst verreisen. »Fahre zum nächsten Nachbar«, sagten sie alle.

Er konnte gern kommen, wenn er ihnen nur die Gemütlichkeit einiger Alltage störte, aber nicht am Heiligabend. Das Jahr hatte nur einen Heiligen Abend, und auf diesen hatten die Kinder sich schon den ganzen Herbst gefreut. Diesen Menschen konnte man doch nicht mit Kindern an einen Weihnachtstisch setzen. Früher hatten sie ihn gern aufgenommen, aber jetzt, seit er so trank, nicht mehr. Was sollte man

---

1   käsen = zu Käse werden, verklumpen

auch mit dem Gesellen anfangen? Die Knechtstube war nicht gut genug für ihn und der Salon zu fein.

So mußte der kleine Ruster in dem peitschenden Schneetreiben von Hof zu Hof fahren. Der nasse Schnurrbart hing ihm schlaff über die Lippen herab, seine Augen waren gerötet und trübe, doch der Branntwein wurde aus seinem Gehirn verweht. Er fing an zu grübeln und zu staunen. War es möglich, daß keiner ihn aufnehmen wollte? Da sah er plötzlich sich selbst. Er sah, wie erbärmlich und heruntergekommen er war, und er begriff, daß er den Menschen verhaßt sein müßte. »Mit mir ist es vorbei«, dachte er. »Mit dem Notenschreiben, mit der Flöte ist es vorbei. Niemand auf Erden bedarf meiner, niemand hat Mitleid mit mir.«

Das Schneegestöber kreiste und spielte, riß die Wehen auf und schüttete sie wieder zu, nahm eine Schneesäule in den Arm und tanzte mit ihr über das Feld, wirbelte eine Flocke bis zu den Wolken empor und trieb eine andere tief in eine Grube hinein. »So geht es, so geht es«, sagte der kleine Ruster, »solange man tanzt und umherwirbelt, ist es Spiel, wenn man aber in die Schneewehe hinunter soll, um dort eingebettet und vergessen zu werden, dann wird es Betrübnis und Kummer.« Doch hinunter müssen wir alle, und jetzt war die Reihe an ihm. Ja, jetzt war er am Ende. –

Er fragte nicht mehr, wohin der Knecht ihn bringe. Es war ihm, als fahre er in das Land des Todes hinein.

Der kleine Ruster verbrannte während dieser Fahrt keine Götter. Er verwünschte weder das Flötenspiel noch das Kavalierleben, er dachte nicht, daß es besser für ihn gewesen wäre, wenn er den Acker gepflügt oder Schuhe besohlt hätte. Doch darüber klagte er, daß er jetzt ein ausgespieltes Instrument sei, von dem der Frohsinn keinen Gebrauch mehr machen könne. Er klagte niemand an, denn er wußte, daß ein zersprungenes Waldhorn und eine Gitarre, die sich nicht mehr stimmen läßt, fortgeworfen werden müssen. Er wurde auf einmal ein sehr demütiger Mensch. Er begriff, daß es jetzt, am Heiligabend, mit ihm zu Ende gehen werde. Der Hunger oder die Kälte würde ihn töten, denn er verstand nichts, taugte zu nichts und hatte keine Freunde. Da hält der Schlitten, und auf einmal ist es hell um ihn her, er hört freundliche Stimmen, wird in eine warme Stube geführt, und jemand gibt ihm heißen Tee zu trinken. Der Pelz wird ihm ausgezogen, und mehrere Stimmen heißen ihn willkommen, während warme Hände Leben in seine erstarrten Finger reiben. Er wurde von allem diesen so verwirrt, daß es wohl eine Viertelstunde dauerte, ehe er sich wieder besinnen konnte. Er konnte gar nicht begreifen, daß er sich wieder in Löfdala befand. Es war ihm gar nicht klar geworden, daß der Knecht, des Umherfahrens im Schneegestöber überdrüssig, nach Hause zurückgekehrt war.

Ebensowenig begriff er, weshalb er jetzt in Liljekronas Hause so freundlich empfangen wurde. Er konnte nicht wissen, daß Liljekronas Gattin verstand, welch schwere Fahrt er an diesem Heiligabend gemacht, um an jeder Tür, an die er geklopft, abgewiesen zu werden. Sie empfand so großes Mitleid mit ihm, daß sie ihre eigene Sorge darüber vergaß. Liljekrona setzte drinnen in seinem Zimmer das wilde Spielen fort. Er wußte nicht, daß Ruster wieder da war. Dieser saß unterdessen mit der Hausfrau und den Kindern im Saale. Das Gesinde, das dort am Heiligabend ebenfalls zu sein pflegte, hatte sich vor der trüben Stimmung, die drinnen bei der Herrschaft herrschte, in die Küche geflüchtet.

Die Hausfrau stellte Rüster sofort an. »Ruster«, sagte sie, »Er hört wohl, daß Liljekrona den ganzen Abend nichts weiter tut als spielen. Ich muß das Decken überwachen und nach dem Essen sehen. Die Kinder sind ganz allein. Er muß sich um die beiden Kleinsten kümmern.«

Kinder waren die Art Menschen, mit der Ruster am wenigsten verkehrt hatte. Er hatte sie weder im Kavalierflügel noch im Soldatenzelte, weder im Kruge noch auf der Landstraße angetroffen. Er war beinahe blöde vor ihnen und wußte nicht, was er sagen sollte, das fein genug für sie wäre. Er zog die Flöte hervor und lehrte sie auf Löchern und Klappen fingern. Es waren ein vierjähriger und ein sechsjähriger Knabe. Sie erhielten eine Lektion auf der Flöte und schienen sich sehr dafür zu interessieren. »Dies ist A«, sagte Ruster, »und dies ist C.« Und dann blies er die Töne. Da wollten die Kleinen wissen, was das für ein A und ein C sei, das gespielt werden sollte.

Ruster holte nun Notenpapier aus der Tasche und zeichnete ihnen beide Noten auf. »Nein«, sagten sie, »das ist nicht richtig.« Und sie liefen nach einem Abc-Buche.

Da begann der kleine Ruster ihnen das Alphabet zu verhören. Sie konnten und konnten es nicht. Mit dem Wissen war es kümmerlich bestellt. Ruster geriet in Eifer, nahm die Knaben auf je ein Knie und fing an sie zu unterrichten. Liljekronas Gattin, die aus- und einging, hörte ganz erstaunt zu. Es klang wie Spiel, und die Kinder lachten immerfort, aber sie lernten. Ruster setzte den Unterricht eine Weile fort, doch er war nicht recht bei der Sache. Ihn beschäftigten die alten Gedanken vom Schneetreiben draußen. Hier war es schön und gemütlich, aber mit ihm war es ja doch vorbei. Er war verbraucht. Er würde fortgeworfen werden. Und plötzlich verbarg er das Gesicht in den Händen und begann zu weinen.

Liljekronas Gattin trat schnell zu ihm.

»Ruster«, sagte sie, »ich kann verstehen, daß Er glaubt, mit Ihm sei es aus. Mit der Musik geht es nicht mehr, und Er ruiniert sich mit dem Branntwein. Doch das Ende ist noch nicht da, Ruster.«

»Doch«, schluchzte der kleine Flötenspieler.

»Sieh Er, so bei den Kleinen sitzen wie heute abend, das wäre etwas für Ihn. Wenn Er Kinder im Lesen und Schreiben unterrichtete, würde Er wieder überall willkommen sein. Das sind keine schlechteren Instrumente zum Spielen, Ruster, als Flöte und Geige. Sieh Er sie an, Ruster!« Sie stellte die beiden Kleinen vor ihn hin, und er sah auf, blinzelnd, als habe er in die Sonne geblickt. Seinen kleinen, trüben Augen schien es schwer zu werden, den großen, hellen, unschuldigen der Kinder zu begegnen.

»Sieh Er sie an, Ruster«, ermutigte ihn Liljekronas Gattin.

»Ich wage es nicht«, antwortete Ruster, dem es ein Fegefeuer war, durch die schönen Kinderaugen in die Schönheit der unbefleckten Seelen hineinzuschauen.

Da lachte Liljekronas Gattin laut und fröhlich. »So soll Er sich daran gewöhnen, Ruster. Er kann dieses Jahr als Schulmeister in meinem Hause bleiben.«

Liljekrona hörte seine Gattin lachen und kam aus seinem Zimmer. »Was gibt's?« fragte er. »Was gibt's?«

»Nichts weiter«, erwiderte sie, »als daß Ruster wiedergekommen ist und ich ihn als Schulmeister für unsere kleinen Buben angenommen habe.«

Liljekrona war ganz verdutzt. »Getraust du dich«, sagte er, wagst du es? Hat er versprochen, das – zu lassen –?«

»Nein«, antwortete die Gattin, »Ruster hat nichts versprochen. Doch er wird sich vor vielem hüten müssen, wenn er täglich den Kleinen in die Augen sehen soll. Wenn es nicht Weihnachten gewesen wäre, hätte ich es wohl nicht gewagt, doch wenn unser Herrgott es gewagt hat, ein kleines Kind, das noch dazu sein eigener Sohn war, unter uns Sünder zu versetzen, so kann auch ich mich wohl getrauen, meine Kleinen versuchen zu lassen, einen Menschen zu retten.«

Liljekrona brachte kein Wort hervor, aber es zuckte in jeder Runzel seines Gesichtes, wie immer, wenn er etwas Großartiges hörte.

Dann küßte er seine Frau so unterwürfig wie ein um Verzeihung bittendes Kind die Hand und rief laut: »Alle Kinder sollen herkommen und Mutter die Hand küssen!«

Das taten sie, und nachher wurde ein fröhliches Weihnachtsfest in Liljekronas Heim gefeiert.